BASTEI
LÜBBE

Von Jill Steinberg erschienen bei BASTEI-LÜBBE:

10120 Die unverbesserliche Miss Lucie
10365 Neue Geschichten von Miss Lucie
10948 Miss Lucie zieht in den Süden
11517 Immer Ärger mit Charlie
11801 Oh, diese Quälgeister
12007 Die Quälgeister spielen verrückt
12297 Katzenpfötchen

Jill Steinberg

Mama wird's schon regeln

Mit Illustrationen
von Ingeborg Haun

BASTEI LÜBBE

BASTEI-LÜBBE-TASCHENBUCH
Band 12387

Originalausgabe

Printed in Germany September 1995
Einbandgestaltung: Roland Winkler
Titel- und Innenillustrationen:
Ingeborg Haun
Satz, Druck und Bindung: Ebner Ulm
ISBN 3-404-12387-5

Der Preis dieses Bandes versteht sich einschließlich
der gesetzlichen Mehrwertsteuer

1. April, Donnerstag

Gestern kam Karlheinz vorbei, der Exfreund meiner Freundin Antje. Wir hatten uns zwei Jahre nicht gesehen. Er baute sich vor mir auf wie ein Turm, starrte mich ungläubig an und sagte: »Das kann nur ein Aprilscherz sein!«

Ich verbuchte dies unter die Rubrik »Feinsinnige Betrachtungen zur Schwangerschaft einer Enddreißigerin« und speiste ihn mit einer Tasse lauwarmen Kaffee und einer trockenen Waffel ab.

Da ihn niemand hielt, setzte sich Karlheinz schon eine halbe Stunde später wieder auf sein Motorrad und brauste davon. Meine Töchter, die ihn früher angebetet haben, waren nicht da, und mein kleiner Kevin kannte ihn gottlob nicht mehr. Ich spülte das Geschirr, setzte die Primeln, die mir Johanna gebracht hatte, in den Blumenkasten vors Küchenfenster und gedachte mit Ingrimm der verschiedenen Reaktionen auf meinen gesegneten Zustand.

Antje hatte wortlos ein Dritte-Welt-Poster entrollt, auf dem eine männliche Person neben einer weiblichen Person abgebildet war, deren jede ein Neutrum an der Hand hielt. Darunter stand in Druckbuchstaben: small family – happy familiy. Ich habe Antje geraten, sich als Teilzeitkraft bei ›Pro Familia‹ einstellen zu lassen. Außerdem sei meine Familie bereits jetzt größer, als das Plakat erlaube, und trotzdem durchaus glücklich. Vielleicht sogar glücklicher als manche Kleinfamilie, ganz zu schweigen von Kleinst- oder Teilfamilien.

Damit hatte ich Antje an ihrem empfindlichsten Punkt getroffen, denn inzwischen gehört sie zu den Alleinerziehenden, wenn man bei ihren Zwillingen überhaupt von Erziehung reden kann.

»Mein Gott, bist du bissig«, sagte Antje, die echt betroffen war, und Gero gegenüber bemerkte sie später, die Schwangerschaft bekomme mir diesmal überhaupt nicht. Ich sei so ungerecht und aggressiv wie nie.

Klar bin ich das. Es gibt auch eine Erklärung dafür, von meiner Perle Johanna so treffend formuliert:

Wie man in den Wald hineinruft, so schallt's heraus. Ich bin in letzter Zeit nicht gerade mit Wohlwollen und Verständnis behandelt worden.

Als wir den Mainzer Großeltern kurz nach Neujahr mitteilten, daß im Juli ihr viertes Enkelkind geboren würde, simulierte die Omi einen Herzanfall. Der Opi rang nach Worten und gab schließlich einer gewissen gedämpften Freude Ausdruck. Immerhin.

Meine Schwester Carla, die ein einziges verzogenes Töchterchen ihr eigen nennt, findet es unzeitgemäß, vier Kinder zu haben. Selbst in Italien, wo sie jetzt schon seit fast zehn Jahren verheiratet ist, sei, rein statistisch gesehen, die Kinderzahl pro Ehepaar auf einskommasieben abgesunken. Meine Mutter, die bei Carla lebt und alle ihre Meinungen teilt, fragte nur zaghaft: »Hast du dir das auch gut überlegt, Bea?«

Gütiger Gott, was für eine dämliche Frage!

Wenn eine Frau mit siebenunddreißig zum vierten Mal schwanger wird, kann man getrost von einer Pillenpanne ausgehen, von einem Zufallstreffer, von einem Blitz aus heiterem Himmel, aber doch nicht von einer sorgfältigen Überlegung. Andererseits: Was hätte meine arme Mutter sagen sollen, um mich gnädig zu stimmen? Ich reagiere ja tatsächlich auf jeden Kommentar wie eine gereizte Kobra.

5. April, Montag

In der Karwoche, sagte Johanna, regnet es immer. Aber muß es dazu auch noch so lausig kalt sein?

Seit vorigen Herbst hat unser Kachelofen einhundert Zentner Briketts gefressen und sieben Meter Holz. Dafür heizt er zwar das gesamte Erdgeschoß. Die Elektrozusatzheizung haben wir fast nur im Bad gebraucht, weil Katrin und Laura ihren Aktivitäten hauptsächlich in Küche und Wohnzimmer nachgehen, als da sind Schularbeiten und Fernsehen. Kevin hält sich sowieso nur da auf, wo ich bin, und wir schlafen alle kalt.

Aber das wird sich im nächsten Winter ändern, denn das Baby braucht ein warmes Zimmer. (Welches Zimmer überhaupt? Zu diesem Punkt muß ein Familienrat einberufen werden.)

9. April, Karfreitag

Gero war mit den Kindern in Kyllstein zum Gottesdienst. Johanna brachte die versprochenen zwanzig frischen Eier von ihren garantiert glücklichen Hühnern, die ich zwanzig Minuten lang in sprudelndem Wasser abkochte, in der Hoffnung, mir dadurch die große Salmonellen-Diskussion mit den Großeltern am Wochenende ersparen zu können.

Gegen Abend veranstalteten die Mädchen in der Küche einen wahren Farbenrausch. Nur fünf Eier erhielten die langweiligen Einheitsfarben. Fünfzehn wurden individuell gestaltet mit Pinsel, Tusche, Plakafarben, Abziehbildern.

Kevin nahm an diesem Festival nicht teil. Seine Schwestern drangen darauf, ihn früh ins Bett zu stecken, weil sein Glaube an den Osterhasen nicht erschüttert werden soll. Nichts, erklärte Laura mit bebender Stimme, habe ihr Leben um so vieles ärmer gemacht als der Verlust des Glaubens an das Christkind und den Osterhasen. Katrin stimmte ihr zu. Auch sie fand es schade, aufgeklärt worden zu sein.

»Und wie ist es mit dem Klapperstorch?« fragte Gero augenzwinkernd.

»An den Quatsch haben wir noch nie geglaubt«, sagte Laura entrüstet. Katrin tippte sich mit dem Zeigefinger an die Stirn und seufzte verächtlich: »Mannomann!«

Ich enthielt mich der Stimme. Mir lag nichts daran, dieses spezielle Thema auszuwalzen. Außerdem bin ich jetzt abends immer ziemlich kaputt.

12. April, Ostermontag

Wau!« sagen die Kinder, wenn sie etwas hinter sich gebracht haben, von dem sie dachten, es sei kaum zu schaffen. So auch ich.

Nach diesen Feiertagen kann ich außer »wau« nichts mehr von mir geben.

Das Karwochenwetter setzte sich mit leichten Schneeschauern über Ostern fort. Das heißt, wir drängten uns alle im Haus zusammen, vorübergehend zu fünfzehn Personen oder auch mehr. Irgendwann, ich glaube am Sonntagnachmittag, verlor ich den Überblick.

Die Mainzer Großeltern kamen samstagsmittags, die Oma mit Leichenbittermiene angesichts meiner nun nicht mehr zu leugnenden Schwangerschaft, der Opa fahrig und nervös im Bestreben, alles zu überspielen. Seit dem »Bekenntnis« Anfang Januar haben wir uns nicht mehr gesehen, und die wöchentlichen Telefongespräche mit Mainz habe ich seitdem wohlweislich Gero und den Mädchen überlassen.

Die Omi tat so, als realisiere sie die Situation erst jetzt, als habe sie das Ganze bisher für eine Luftblase gehalten und als sei sie nun gezwungen, zu ihrem Leidwesen in eine Diskussion darüber einzutreten.

Ich überließ es Gero, ihr diesen Zahn zu ziehen. Schließlich ist sie seine Mutter, nicht meine. Auch dürfte Nummer vier auf sein Konto ebenso gebucht werden wie auf meines. Also. Katrin und Laura stärkten mir den Rükken, indem sie ganz loyal ihre eigenen Vorbehalte außer acht ließen und ungefragt versicherten, sich sehr auf das Geschwisterchen zu freuen.

»Na, mit Kevin wart ihr aber nicht immer froh«, gab die Omi säuerlich zu bedenken.

»Der war ja auch eine Nervensäge«, zischte Laura.

Katrin äußerte sich geradezu philosophisch.

»Ach was, kleine Kinder wissen gar nicht, was sie tun. Mal sind sie kleine Monster, mal sind sie sehr lieb.«

»Soso«, säuselte die Oma pikiert und wandte sich an ihren Liebling Kevin, »was hältst du denn von einem neuen Baby?«

Kevin schwieg.

»Hättest du denn lieber ein Schwesterchen oder ein Brüderchen?« hakte die Omi nach.

Kevin seufzte tief, schlug die Augen nieder und flüsterte verschämt: »Am liebsten hätt' ich ein Tötel.«

Die Omi war sichtlich überfordert.

Denn erstens wäre ihr im Gespräch mit unserem Kevin niemals das englische Wort für Schildkröte eingefallen, und zweitens hat sie keine Ahnung, was es mit jenen ›Turtles‹ auf sich hat, die Kevin meint.

»Nichts da«, fauchte Laura, »du kriegst keinen Tötel. Basta!«

Die Omi ließ das Gespräch versanden. Kevin zog eine Schnute und trabte davon.

Gero und der Opa hielten sich aus taktischen Gründen den halben Tag auf der Ponykoppel auf, wo sie dem Wetter mit Gummistiefeln und NATO-Parkas trotzten. Cromwell, den sie mitgenommen hatten, mußte anschließend gründlich abfrottiert werden. Er triefte vor Nässe, hinterließ Schmutzspuren im ganzen Haus und nieste mehrmals.

»Der Hund hat Schnupfen«, stellte der Opa mit schwerer Stimme fest, »er ist nicht genügend abgehärtet.«

Das mag sein. Cromwell verbringt fast den ganzen Winter im Tiefschlaf auf seinem kleinen Flickenteppich neben dem Ofen, und wenn er gähnt, sieht man, daß ihm ein paar Zähne fehlen. Er ist eben nicht mehr der Jüngste.

Das hat ihn jedoch nicht daran gehindert, am Sonntagmorgen tätig zu werden und einen Schokoladenosterhasen zu knacken, den Gero in seiner nie endenden Einfalt im Blumenfenster versteckt hatte.

Es ist jedes Jahr dasselbe.

Kevin sammelte zwar eifrig alles ein, was er dank der

heißen Tips seiner Schwestern finden konnte – andernfalls würde er heute noch suchen, denn sehr findig ist er ja nie gewesen – und zeigte sich enttäuscht, weil in keinem der hübschen Nester ein Tötel saß.

Nach dem verspäteten Frühstück erschienen Pater Ansgar und Geros Jagdfreund Klose, und im Hinblick auf die Schale voll kunstvoll bemalter Eier schnitt unsere Omi erwartungsgemäß das Thema »Salmonellen« an. Gero erklärte hastig, daß wir unsere Eßgewohnheiten bereits geändert hätten, auf Frühstückseier weitgehend verzichteten und nur noch steinhart gekochte Produkte aus dem Hühnerstall unserer Johanna zu uns nähmen.

Ich weiß nicht, was die Herren dazu sagten, denn ich flüchtete in die Küche. Zu Mittag gab es Lendenbraten mit zweierlei Gemüse und Kroketten, dazu Weißwein und danach Rote Grütze mit Vanillesoße. Mit diesem opulenten Mahl hoffte ich mich für den Montagmittag freikaufen zu können, den ich mit einem bunten Salat aus Fleischresten, Ostereiern, Gürkchen und anderen Kleinigkeiten zu bestreiten gedachte.

Nachmittags kamen Katrins Freundin Miriam und Lauras Freund Axel, weil es ihnen zu Hause langweilig war, und sie brachten ausgerechnet die billigen kleinen Zuckereierchen mit, die ich Kevin gerade mühsam ausgetrieben hatte. Kurz danach hielt ein Geländewagen vor unserem Gartentor; ich schnauzte Gero an, daß er mir unangemeldet Besuche von irgendwelchen Jagdfreunden gefälligst vom Halse halten solle und sah ihn unvermittelt schadenfroh grinsen.

»Hallo, Antje«, rief er überschäumend herzlich, »was für eine freudige Überraschung!«

Ich starrte völlig konsterniert auf den Geländewagen,

einen dieser hochrädrigen Karren mit verlängertem Heck, Farbe feuerrot, der sich von Antjes schnittigem Kleinwagen um Meilen unterschied, und konnte mir keinen Reim drauf machen, zumal mir die aussteigenden Personen weitgehend unbekannt waren.

Eine davon wies zwar eine gewisse Ähnlichkeit mit meiner alten Freundin auf, aber entweder war es eine Täuschung – oder sie hatte sich verkleidet. Denn das schwarzrot-grüne Dirndl mit dem weit schwingenden Rock und der weißen Rüschenbluse hätte Antje nie freiwillig getragen. Dafür kannte ich sie nun wirklich gut genug. Sie ist zeit ihres Lebens der Typ für schmal geschnittene Kostümchen in Pastellfarben gewesen. Also blieb ich erst mal unbeweglich auf der unteren Terrassenstufe stehen, während Gero mit elastischen Schritten zum Tor eilte.

Die verkleidete Antje wies mit dem Kinn in meine Richtung und äußerte sichtlich ein paar Bedenken, die Gero sofort mit einem kleinen Scherz zerstreute.

»Aber nein, nein! Bea ist heute nur etwas schwer von Begriff«, sagte er lachend. Oder so etwas Ähnliches.

Worauf sich die Gruppe erleichtert in Bewegung setzte und auf mich zukam: ein untersetzter Typ im Seppelanzug, zwei rundliche kleine Mädchen mit milchweißer Haut und rotblonden Bauernzöpfen, angeführt von Antje, die sich immer wieder verstohlen umblickte.

Ich schüttelte willenlos alle mir artig gereichten Hände und wünschte frohe Ostern.

Die Frage nach Antjes Zwillingen Olaf und Mark brannte mir auf der Zunge, aber ich hielt mich so lange zurück, bis mir Herr Gottfried Lichter samt Töchtern Stefanie und Verena, genannt Steffi und Vreni, umständlich vorgestellt worden waren.

»Die Buben«, erklärte Herr Lichter belustigt, »hab'n sich versteckt. Im Wagen.«

Und Antje fügte achselzuckend hinzu: »Hier kennen sie sich ja aus. Wenn's ihnen zu fad wird, kommen sie von allein nach.«

Das Ganze war mir unverständlich und daher unbehaglich. Aber da schon wieder ein Schneeschauer niederging, schoben sich alle eilig ins Haus.

Drinnen erfuhren wir, daß sich Antje und Gottfried auf einem Wochenendseminar für Alleinerziehende kennengelernt hatten und sich schon deshalb nähergekommen waren, weil sie beide Zwillinge hatten. Aber nicht *nur* deshalb, wie Gottfried schmunzelnd versicherte, während Antje verschämt lächelnd den Dirndlrock glattstrich.

Nun hatten wir ja außer Lothar, dem Airliner, der immerhin der Ex-Mann und Vater ihrer Kinder war, schon diesen und jenen Typ in Antjes Leben kommen und gehen sehen. Trotzdem hatte ich den Eindruck, daß angesichts dieses Gottfrieds das große Hallelluja von uns erwartet wurde.

Gero gab sich denn auch sehr nett und zuvorkommend. Katrin und Laura stürzten sich auf Steffi und Vreni, hauptsächlich wegen der Bauernzöpfe, die in unserem Hause niemand flechten kann, nicht einmal Johanna. Selbst die Großeltern nahmen die Störung ihres Mittagsschlafs nicht übel und zeigten ein geballtes Interesse für den Besuch.

Die einzige, die sich vornehm zurückhielt, war ich.

Mir taten die Zwillinge – Antjes Zwillinge – unendlich leid. Zehn Jahre lang hatten sie im Leben ihrer Mutter die Hauptrollen gespielt, um jetzt von zwei rotblonden kleinen Mädchen und einem vierkantigen Typ im Seppelanzug verdrängt zu werden.

Gegen vier Uhr hielt ich es nicht mehr aus. Ich hängte mir meinen Regenmantel um und tappte zum Geländewagen. Zwei Köpfe verschwanden blitzschnell von den Fenstern. Ich klinkte die Tür auf und setzte mich auf den Beifahrersitz. Hinter mir raschelte es.

»Was ist los?« fragte ich halblaut. »Warum hockt ihr hier draußen und kommt nicht rein?«

Zuerst antworteten sie nur mit Grunzlauten. Dann beklagten sie sich bitter über Gottfried und seine Töchter, die so täten, als gehöre ihnen alles, dabei hätten sie weder Faxgerät noch Video, nicht mal Computerspiele, und selbst der Landrover wäre nur geliehen.

»Das sind Steinzeitmenschen«, krächzte Olaf.

»Und aus uns wollen sie auch Steinzeitmenschen machen«, fügte Mark anklagend hinzu.

Ich wies darauf hin, daß wir ebenfalls ohne Faxgerät und Computerspiele lebten, ohne uns vorsintflutlich zu fühlen.

»Ihr seid ja auch nicht in der Stadt«, sagte Olaf.

»Ihr habt dafür Cromwell und die Ponys«, meinte Mark.

Es dauerte eine halbe Stunde, bis es mir gelang, die beiden aus dem Auto ins Haus zu locken, wo sie sich dann erstaunlich rasch unter die anderen Kinder mischten.

Gegen Abend hatten sie bereits wie üblich das Kommando übernommen und lotsten die andern durch ein offenes Kellerfenster nach draußen, wo sie binnen weniger Minuten pitschnaß wurden und mit ihren Hausschuhen im Matsch versanken. Die einzigen, die hartnäckig Widerstand geleistet hatten, waren Steffi und Vreni, indem sie die magische Formel »Spielverderber« durch ein schlichtes Statement außer Kraft setzten: »Mei, mir san do net blöd!«

Und wie bedauerlich, daß meinen Töchtern im entscheidenden Augenblick nichts dergleichen einfällt. Sie mosern immer erst hinterher.

Antje und ihre Gesellschaft übernachteten im Dolomit-Hotel in Kyllstein und suchten uns am Ostermontag noch einmal heim. Obwohl sie ein riesiges Blumengebinde und fünfzehn Schachteln heiße Pizza vom Italiener mitbrachten – zur Verlängerung meines bunten Salats, war ich fix und fertig, als sie endlich aufbrachen.

15. April, Donnerstag

Morgen reisen Oma und Opa ab, die Ferien sind zu Ende, die Mädchen müssen zur Schule, und Kevin geht wieder in den Kindergarten. Es ist in Worten nicht auszudrücken, wie sehr ich mich auf einen möglichst gleichförmigen Alltag freue. Johannas Kommentar zu Logier- und anderen Besuchen:

»Ja, ja, man sieht sie gern kommen, und man sieht sie gern gehen.«

An ihrem Tisch haben über Ostern mehr als dreißig Gäste gesessen. Aber wenn es nicht so wäre, meint Johanna, würde man sich übergangen fühlen und sich fragen, was man an sich hat, daß die Leute einen meiden.

Von diesem Gesichtspunkt aus habe ich das noch nie betrachtet.

18. April, Sonntag

Heute erst haben wir uns mit dem Problem beschäftigt, das die Großeltern an ihrem letzten Abend aufwarfen: das vierte Kinderzimmer.

Aus verschiedenen Gründen würde ich unser neues Baby gern für sich allein unterbringen, mitsamt seinem Bettchen, seiner Wickelkommode, seinen Siebensachen. Das erleichtert mir die Arbeit ganz wesentlich, hilft mir, Ordnung zu halten, die ein ganz Kleines braucht, und schützt es vor Ansteckung. Kevin, der schon früher alle Augenblicke erkältet war, kommt aus Husten, Schnupfen und Bronchitiden kaum mehr heraus, seit er in den Kindergarten geht. Ihn mit einem Säugling zusammen schlafen zu lassen wäre die reine Bedrohung.

Katrin und Laura sind zwar nicht so anfällig, aber sie lesen gern im Bett und lassen Musik-Kassetten laufen, Märchenschallplatten und alles mögliche. Außerdem sind ihre Zimmer so vollgestopft, daß man kaum eine Lücke finden würde. Bliebe, wie zu Kevins Babyzeit, unser Schlafzimmer, wo man die Wickelkommode abrücken muß, wenn man das Fenster putzen will, und man sich abends hineinschleicht, ohne Licht zu machen, um die kostbare Nachtruhe nicht zu gefährden. Nein, danke! Vielleicht in den ersten Wochen, aber nicht länger. Keinesfalls länger.

Und damit sind wir beim Knackpunkt, beim Stein des Anstoßes, beim Dorn im Auge aller Betroffenen: dem Gästezimmer.

Ich will es für Nummer vier. Ich gebe zu: ich kämpfe darum. Ich verstehe zwar den Unmut der Großeltern, denen das Gästezimmer fast ausschließlich vorbehalten ist;

ich weiß, daß ich ein schier unlösbares Problem schaffe, daß ich mich unbeliebt mache und ins Unrecht setze. Aber ich kann nicht anders.

Ich muß die Rechte meines vierten Kindes wahren, denn wenn ich es nicht tue – *wer tut es dann*?

In drei Monaten muß alles gerichtet sein. Ich stehe unter Druck wie ein Dampfkessel.

Kann sein, daß ich nur hysterisch bin und Gero recht hat, der mir dauernd sagt: »Um Gottes willen, Bea, du steigerst dich da in etwas hinein . . .«

Schon möglich. Ich tu's trotzdem.

Sobald das Wetter besser ist, machen wir Hausputz, räumen das Gästezimmer aus und richten das Babyzimmer ein.

Niemand wird mich davon abbringen.

21. April, Mittwoch

Ein Wunder ist geschehen: Gero war beim Elternabend der vierten Grundschulklasse. Daß ich das noch erleben durfte! Wäre es nicht um den Übertritt seiner Tochter Laura zum Gymnasium gegangen, hätte er sich gedrückt wie immer. So aber, und weil ich meiner geschwollenen Füße wegen ausnahmsweise streikte, versicherte er sich der Begleitung Doktor Weinschrots und ging hin.

Nun ist Axel Weinschrot im Vergleich zu unserer streitbaren Tochter Laura das reinste Lamm. In den ganzen vier Schuljahren dürfte er noch nie unangenehm aufgefallen sein. Laura dagegen hat sämtliche Lehrkräfte provoziert, angefangen bei Frau Löhr, die nur die ersten Klassen unterrichtet und für ihre Langmut bekannt ist, bis zu Herrn Derich, der nicht das leiseste Aufmucken duldet.

Gero, der für Grundschulprobleme stets nur ein nachsichtiges Kopfschütteln übrig hatte und überhaupt kein Verständnis zeigte für die leichte Panik, die mich vor jeder Versetzung meiner Kinder befällt, kam völlig verwandelt vom Elternabend zurück: nicht gerade als gebrochener Mann, aber doch als besorgter Vater.

Die Begegnung mit Herrn Derich muß wohl ziemlich unerfreulich gewesen sein.

Lauras Leistungen seien mäßig, aber durchaus steigerungsfähig, wenn sie sich dazu überwinden könnte, ihr Interesse auf den Stoff zu konzentrieren statt auf Rechthabereien. Sie sei ein Kind, das immer das letzte Wort behalten müsse, was man als Lehrer nur einem Intelligenzbolzen verzeihe, nicht jedoch einer mittelprächtigen Schülerin. Mit andern Worten: entweder müsse Laura ihr Verhalten ändern oder aber ihre Leistungen steigern, und zwar gewaltig. Andernfalls müsse man für ihre schulische Zukunft schwarzsehen.

Ich bin deswegen längst nicht so aufgewühlt wie Gero. Er kennt Herrn Derich nicht so gut, wie ich ihn kenne. Zwei Jahre mit Laura Sonnemann als Klassensprecherin hätten jeden Lehrer verbittert. Herrn Derich, dem Kritik noch unerträglicher ist als anderen seines Standes, steht inzwischen der Schaum vorm Mund. Ganz klar.

»Soll er doch froh sein, Laura loszuwerden«, sagte ich zu Gero, »alles, was wir von ihm wollen, ist nur seine Empfehlung fürs Gymnasium. Schriftlich. Darauf hättest du pochen müssen, statt dir seine Vorträge anzuhören.«

Aber Gero sieht das anders. Er geht in sich. Er bereut sein früheres Desinteresse. Er ist bereit, jahrelang Versäumtes nachzuholen.

Heute morgen beim Frühstück kündigte er Laura ein Gespräch unter vier Augen an. Sie stemmte den Löffel auf, mit dem sie gerade ihre Cornflakes aß, sah ihn herausfordernd an und sagte: »Warum nicht jetzt gleich?«

Weil er jetzt keine Zeit habe, erklärte Gero.

»Dann hättest du gar nicht davon anfangen sollen«, knurrte Laura, »damit hast du mir den ganzen Morgen verdorben, ausgerechnet heute, wo wir einen Rechentest schreiben. Das war nicht fair, Papi.«

Ich wechselte einen Blick mit Gero und stellte fest: den Vorgeschmack hat er schon bekommen.

30. April, Freitag

Kevins Geburtstagsfeier am Dienstag wirft ihre Schatten voraus. Frau Albers, Tommys Mutter und ergebene Sklavin, fragte heute morgen verlegen an, ob sie mitkommen dürfe. Ich sagte ja, obwohl ich dieses Jahr, wo Kevin und seine Freunde vier werden, nicht mehr mit den Müttern als festem Bestandteil der Geburtstagsfeier gerechnet habe. Ich glaube auch nicht, daß Frau Gerster und Frau Zilke uns Gesellschaft leisten werden. Frau Albers ist und bleibt ein Sonderfall.

Die Mädchen finden es merkwürdig, daß Kevin nur Tommy, Nadine und Tanja einladen will. Katrin hat seinerzeit auf ihrer ganzen zwölfköpfigen Kindergartengruppe bestanden, und Laura hatte vorletztes Jahr ihre ganze Schulklasse zu Gast.

Aber Kevin ist nun mal wählerisch. Außer Tommy, Nadine und Tanja will er niemanden haben.

»Dann wirst du bei den andern auch nicht eingeladen«, hält ihm Laura vor.

»Mir doch egal«, erwidert Kevin.

3. Mai, Montag

Gestern und vorgestern war Gero unterwegs: Betriebsausflug des Kohlensäurewerks nach Holland.

Da er zu den Organisatoren gehört, hatte er die ganze vorige Woche viel um die Ohren. Deshalb kam es heute erst zu seinem Gespräch unter vier Augen mit Laura, wobei er sich meiner unmaßgeblichen Meinung nach pädagogisch zu viel vorgenommen hat.

Und zwar bestellte er sie nachmittags in sein Büro, erstens, um ihr zu beweisen, wie ernst er die Unterhaltung nahm, zweitens, um ihr zu zeigen, wie Papis Arbeitsplatz aussieht, drittens, um durchblicken zu lassen, daß dergleichen nicht von ungefähr kommt, sondern daß man dafür lernen und sich am Riemen reißen muß, getreu dem Motto: Ohne Fleiß kein Preis!

Mir kam das alles übertrieben vor, »viel zu heavy«, um mit Katrin zu sprechen, aber Gero ließ nicht mit sich handeln. Jetzt, wo er beschlossen hat, sich seiner erzieherischen Verantwortung zu stellen, gibt es kein Halten mehr. Ich lieferte Laura, die neue Jeans im Batik-Look, ein pinkfarbenes Sweatshirt und Schuhe mit pinkfarbenen Schnürschleifen zu ihrer pinkfarbig gerahmten Brille trug, am Haupteingang des Werks ab und fuhr mit Kevin weiter zur Sparkasse. Abzuholen brauchte ich sie

nicht, da sie mit Gero nach Dienstschluß zurückkommen sollte.

So geschah es auch.

Zum Abendessen trafen wir uns alle am großen Tisch: Kevin, schon ganz erfüllt von seinem morgigen Geburtstag, Katrin, neugierig auf das, was bei der Standpauke herausgekommen war, Gero, ernst und gemessen, Laura, düster.

Ich gab mich so unbefangen wie möglich, als Laura plötzlich mit der Gabel in Geros Richtung stach und mit erhobener Stimme fragte: »Wer ist denn eigentlich die blöde Kuh im anderen Büro?«

Gero runzelte die Stirn, als müsse er sich erst lange besinnen.

»Bei uns gibt es keine blöden Kühe«, antwortete er milde, »ich nehme an, du meinst Frau Solms.«

»Wenn sie Frau Solms heißt«, schrillte Laura, »warum nennst du sie dann Wippe?«

»Ich nenne sie nicht Wippe!«

»Doch, tust du wohl! ›Bis morgen, Wippe‹, hast du gesagt, als wir weggingen!«

»Wibke«, verbesserte Gero, räusperte sich und erklärte umständlich, daß Frau Solms die neue Werbeassistentin sei. Sie stamme aus Schleswig, daher der hier ungebräuchliche Vorname.

Katrins Miene wurde undurchdringlich. Laura blickte noch düsterer als vorher. Kevin nutzte die Gelegenheit, Cromwell verstohlen mit seinem Butterbrot zu füttern. Ich dachte flüchtig an die Kindergartentante Gabi. Sie sagte, Kevin sei kaufaul. Also: zu faul zum Kauen.

»Mein Gott«, sagte Gero später, als wir Kevins Geburtstagstisch deckten, »da nehme ich mir extra eine Stunde frei, führe Laura durch den ganzen Betrieb, rede mit ihr wie ein Freund über ihre Schulprobleme, und was kommt dabei heraus? Nichts. Absolut nichts.«

Das würde ich nicht sagen. Immerhin wissen wir nun ein paar Einzelheiten über die neue Werbeassistentin im Kohlensäurewerk.

Ich plazierte den Karton mit dem Lego-Auto neben die Taschenlampe, die Kevin sich mehr als alles andere gewünscht hat, und fragte beiläufig: »Wie ist die denn so, diese Wibke Solms?«

»Nicht so unterwürfig wie die Hiesigen«, erklärte Gero mürrisch, »und daher nicht sehr beliebt.«

Ich kann's mir vorstellen. In Kaltenborn hat's jeder Fremde schwer, und als Fremde galten jahrelang auch wir, obwohl wir aus dem Rheinland kamen, und nicht aus Schleswig-Holstein. Dem Eingeweihten bleiben auch die tiefen Gräben nicht verborgen, die sich sogar zwischen Kaltenborn und dem acht Kilometer weiter westlich liegenden Dorf Büsch auftun. Das einzige, was nach Ansicht unseres Küsters an meiner unvergleichlichen Johanna auszusetzen wäre, ist die Tatsache, daß sie nicht aus Kaltenborn stammt. Man hätte es lieber gesehen, daß ich jemand aus *unserem* Dorf genommen hätte. Nicht gerade aus Büsch.

Bei dem chronischen Mangel an Arbeitsplätzen in unserem Abseits wird man es der Werksleitung schwer verübeln, einen freigewordenen Posten mit einer »Fremden« besetzt zu haben. Soviel zum Thema Wibke Solms, dem bereits viel zuviel Aufmerksamkeit gewidmet wurde.

5. Mai, Mittwoch

Gestern wurde mein vorläufig Jüngster vier Jahre alt. Es war ein langer, anstrengender Tag ohne Mittagsruhe, aber Kevin fand ihn »ßo ßön«, und das war die Hauptsache.

Alle Geschenke, sogar die Taschenlampe, verblaßten neben der Geburtstagsgabe des guten Opi, der einen rätselhaften Tip der Omi überraschend richtig gedeutet hat.

Was Kevin aus dem vielfach verschnürten Päckchen zerrte, war eine unschöne Figur aus Weichplastik in Froschgrün mit gelblichem Panzer, blauem Stirnband und breitem Grinsen im dümmlichen Gesicht.

Alle außer mir wußten, daß dies ein Tötel ist, wenn nicht sogar *der* Tötel, Donatello, berühmt für List und Schlagkraft, einer, der die anderen Tötels aus hoffnungslosen Situationen rettet.

Dies erfuhr ich von Katrin und Laura, die dafür, daß sie von Turtles absolut nichts wissen wollen, überraschend gut informiert sind.

Im Kindergarten wurden unserem Kevin vier Kerzchen angezündet und das Geburtstagslied gesungen. Danach verkündeten Ralfi und Claudio, daß sie ihn nachmittags besuchen würden. Von Ralfi sahen wir keine Spur. Aber Claudio hatte sich Frau Albers und Tommy angeschlossen und stand punkt drei Uhr vor unserer Tür.

Kevin ließ sich auf der Außentreppe beglückwünschen und winkte Tommy lässig ins Haus. Dann vertrat er dem armen Claudio entschieden den Weg.

»Warum bist du denn hier?« nuschelte Kevin.

»Weil du Geburtstag hast«, antwortete Claudio.

Wir lauerten hinter der Tür, um den ungeladenen Gast

notfalls hereinzuzerren, als Kevin gedehnt »guuut« sagte, Claudio ein Ärmchen um die Schulter schlang und mit ihm ins Wohnzimmer stürmte, wo Tommy bereits den Tötel entdeckt hatte. Es entstand ein kurzes, heftiges Handgemenge, wobei Claudio den Tötel erwischte, um ihn Kevin feierlich zurückzugeben. Tommy war stinkwütend. Er schlug mit der Stirn gegen die Glastür, daß es schepperte.

Dann kamen Nadine und Tanja, von Frau Gerster gebracht, die sich gleich wieder verabschiedete, und das Fest konnte beginnen.

Kevin, das stellten wir bei dieser Gelegenheit fest, ist kein bißchen kooperativ. Wenn es nach ihm gegangen wäre, hätten alle Kinder bis auf Claudio gleich wieder heimgehen können.

Ich segnete meine Töchter, die sofort die Regie übernahmen. Laura dirigierte jedes Kind an seinen Platz, verschaffte sich Gehör, indem sie sogar Tommy überschrie, und befahl besonders ihm, anständig zu essen »und nicht alles zu versauen«.

Danach trat Katrin in Erscheinung, ließ alle fünf in Reih und Glied antreten und führte sie im Gänsemarsch zur Koppel. Den Rest übernahmen unsere braven Shetlandponys.

Zwei Stunden lang trugen sie die Geburtstagsgäste abwechselnd zum Bach und zurück.

Frau Albers half mir inzwischen in der Küche, beneidete mich glühend um meine tüchtigen Töchter und meinte, ich brauche mir im Hinblick auf Nummer vier doch wirklich keine Sorgen zu machen. Sie schloß mit dem Seufzer: »Was soll *ich* da sagen?«

Zuest begriff ich den Zusammenhang nicht. Der Gedanke, daß Frau Albers sich ein zweites Kind antun und Tommy in einen Konkurrenzkampf ohnegleichen stürzen würde, wäre mir nicht einmal im Traum gekommen. (Ihm erst recht nicht.)

Indessen – es ist so. Im September erwartet Frau Albers ihr zweites Kind. Vor Überraschung fiel ich auf die Küchenbank. Noch sieht man ihr nichts an, und bis jetzt hat sie es noch keinem erzählt. Ich finde es ja schön, eine Schicksalsgefährtin zu haben. Aber wie soll sie sich einem Säugling widmen, wenn Tommy sie weiterhin so knechtet wie bisher?

»Ach was, dann lernt er endlich mal, daß er nicht allein auf der Welt ist, der Großkotz«, sagte Katrin grimmig, als ich es ihr abends erzählte.

8. Mai, Samstag

Morgen ist Muttertag. Schon jetzt biegen sich die Tische unter der Last der Blumensträuße, und Katrins Geschenk, eine unter Johannas Anleitung gebackene Holländische Kirschtorte füllt den ganzen Kühlschrank.

Auch Kevins Gabe erhielt ich bereits, weil er es nicht abwarten konnte, sie mir zu überreichen: eine mit Buntpapier beklebte Käseschachtel, Marke Kindergarten. Ich habe mich vor Freude nicht fassen können und gleich meine Kalzium- und Vitamintabletten hinein versenkt.

Gero quälte mich mit der Frage nach etwas Unnötigem, das ich mir wünschen, aber nie kaufen würde. Da ich ein Vernunftmensch bin, dachte ich schon, mir würde nichts einfallen. Wider Erwarten kam mir doch eine Idee. (Nicht ganz billig!) Mal sehen, ob er sie aufgegriffen hat.

Vorhin telefonierte ich mit Antje. Seit Ostern hatten wir uns nicht gesprochen, und ich brannte darauf, mehr über Gottfried Lichter zu erfahren. Falls er überhaupt noch im Gespräch war. Olaf und Mark hatten schon andere Männer aus Antjes Leben vertrieben. Der einzige, an dem sie mit ungewöhnlicher Zähigkeit festhielten, war jener Karlheinz, und ausgerechnet der ließ sich nicht nageln.

Antje tat so, als habe sie bisher im Zölibat gelebt, und selbst an Lothar, den Vater ihrer Kinder, mit dem sie jahrelang verheiratet war, konnte sie sich nur mit Mühe und Not erinnern. Vielleicht duldet Gottfried Lichter keine anderen Götter neben sich. Oder Antje hat von sich aus beschlossen, alle Vorgänger verblassen zu lassen.

Im Gegensatz zu Gero, der in solchen Dingen blind wie ein Maulwurf ist, hatte mir schon das Dirndlkleid am Ostermontag signalisiert, daß dieser kantige, bajuwarische Typ einen starken Einfluß auf Antje hat.

»Wir haben uns Häuser angesehen«, sagte Antje am Telefon, und »Wir sind am Samstag eingeladen«, und »Wir waren heute bei MacDonald und haben Hamburger für die ganze Bande gekauft.«

Wenn Antje früher »wir« sagte – auch schon zu Lothars Zeiten –, meinte sie sich und die Zwillinge.

Jetzt meint sie sich und Gottfried Lichter.

Er stammt aus München, ist Braumeister im Dienst einer Großfirma, die hier im Rheinland ein paar Betriebe übernommen hat, und soll für ein schmackhaftes Produkt mit neuem Image sorgen. Wenn man Antje zuhört, hat es bisher im rheinischen Raum keinen wirklich begnadeten Braukünstler gegeben, und mit Gottfried Lichter beginnt eine neue Zeitrechnung.

Ich fragte nach ihren Söhnen, und sie sagte, die Konkurrenz in Gestalt zweier aufgeweckter gleichaltriger Mädchen täte ihnen gut. Stefanie und Verena seien teils durch das straffe bayerische Schulsystem, teils durch Fleiß und leichte Auffassungsgabe den andern Kindern in der Klasse weit voraus. Ihrem Übertritt ins Gymnasium stünde nichts entgegen. Olaf und Mark dagegen müßten sich mächtig anstrengen. Einzelheiten über die Beziehung zu Gottfried Lichter gab Antje nicht von sich. In diesem Punkt war sie von Anfang an auffallend schweigsam, sonst hätte ich Ostern Bescheid gewußt und wäre nicht aus allen Wolken gefallen. Sie gab zu, ihn schon seit Januar zu kennen.

Warum sie keinen Ton gesagt habe, wollte ich wissen. Weil ich viel zu sehr mit mir selbst beschäftigt gewesen sei, erklärte Antje, und das könne sie auch sehr gut verstehen.

10. Mai, Montag

Ich hab's bekommen, mein Unvernunft-Geschenk: ein Frühstücksgeschirr mit blauem Zwiebelmuster für sechs Personen. Johanna hat es voller Andacht betrachtet.

Es stand auf der Anrichte, als sie heute morgen kam, und da steht es auch jetzt noch, denn wir wissen beide nicht, wo wir es einräumen sollen. Unsere Küchenschränke sind proppenvoll, und im Wohnzimmerschrank stehen reihenweise Gläser. Von Laura bekam ich einen Handspiegel mit versilbertem Rahmen und ziseliertem Griff. Ein Prachtstück, das mir besonders teuer ist, weil sie sich nur schweren Herzens davon getrennt hat.

Sie hat es vor ein paar Monaten im Sperrmüll gefunden, blank gerieben, versteckt und für den Muttertag aufgehoben.

14. Mai, Freitag

Heute hatte ich einen Termin bei Frau Doktor in Kyllstein. Man könne nicht behaupten, daß ich mich oft sehen ließe, meinte sie trocken und bot mir eine Ultraschalluntersuchung an, die ich ablehnte. Ob ich nicht wissen wolle, was ich da austrage, einen Jungen oder ein Mädchen, fragte sie mich, dergleichen könne man heutzutage leicht feststellen. Ich sagte ihr, daß ich meine diesbezügliche Neugier ohne weiteres bis Juli zügeln könne und mein ungeborenes Kind nicht fotografieren lassen möchte. Frau Doktor zuckte die Achseln und respektierte meine Entscheidung. Was hätte sie auch sonst tun sollen?

Sie riet mir, auf mein Gewicht zu achten, und damit hat sie recht. In letzter Zeit habe ich zu viel zugelegt. Wenn ich so weitermache, komme ich bald nicht mehr ins Auto. Außerdem ruiniere ich mir die Füße. Also: *noch mehr* Schrot und Korn und Obst und Gemüse, und *noch weniger* süßes Zeug. Ob ich zur Mütterschule ginge, erkundigte sich Frau Doktor, und ich sagte nein, es gäbe nichts mehr, was ich nach drei Schwangerschaften noch lernen könnte.

Sie war anderer Ansicht. Erstens täte mir die Gymnastik gut, die da abgehalten würde, zweitens sei es für jede werdende Mutter von Vorteil, sich mit ihresgleichen austauschen zu können.

Da mag etwas Wahres dran sein. Ich turne zwar, wenn

auch unregelmäßig, und an die spezielle Atemtechnik während der Wehen werde ich mich wohl mein Leben lang erinnern. Aber Einzelheiten sollte ich vielleicht auffrischen, und der Anblick anderer faßförmiger weiblicher Wesen in unkleidsamen Gymnastikanzügen könnte mich nur aufrichten. Morgen rufe ich bei der Kursleiterin an. Wenn ich nicht gleich einsteigen kann, lohnt es sich nicht mehr. Gerade fällt mir ein: Ich sollte Frau Albers mitschleppen. Ohne Tommy, versteht sich.

20. Mai, Donnerstag, Himmelfahrt

Heute hat Gero das Gästezimmer ausgeräumt. Gott sei Dank. Die Betten stehen im Keller, die Matratzen lüften hinterm Haus. Der Schrank ist stehengeblieben, den kann ich gebrauchen. Mir war so wohl wie lange nicht mehr. Wir haben grob saubergemacht, die Mädchen und ich, und uns überlegt, welche Stoffe wir kaufen füs Babybett und die Fenstervorhänge. Gero wanderte inzwischen ruhelos im Keller auf und ab, in der Hoffnung, dort eine ausbaufähige Nische zu finden. Es gibt natürlich eine, aber sie liegt auf der Hangseite, ist feucht und dunkel und könnte bestenfalls von jugendlichen Kurzbesuchern genutzt werden, nicht jedoch von den Großeltern.

Außerdem wehre ich mich vehement gegen jede Bautätigkeit, auch wenn sie als noch so geringfügig dargestellt wird. Nichts, was mit Rohrleitungen, Wandverkleidungen und Handwerkern zu tun hat, ist geringfügig. Ich weiß es, und ich kenne meine Grenzen. Ich verstehe durchaus, daß Gero sich Sorgen macht wegen seiner Eltern, die wir jetzt nicht mehr unterbringen können. Mir ist das auch schrecklich. Aber wäre ihnen denn mit einer Kellernische gedient? Nein, gibt Gero zu. Aber wir hätten wenigstens guten Willen bewiesen.

Dafür, finde ich, wäre der Aufwand zu groß. Nächstes Jahr, das habe ich ihm fest versprochen, bin ich wieder zu allem bereit. Aber jetzt brauche ich alle Kraft, alle Zeit und alle Gedanken, um über die letzten Runden zu kommen. Ohnehin laufe ich dauernd Gefahr, mich zu verzetteln.

24. Mai, Montag

Zweimal sind wir schon im Caritas-Heim in Kyllstein gewesen, wo die Müttergruppe tagt und das Gros der Kursteilnehmerinnen zehn Jahre jünger ist als ich. Aber meine diesbezüglichen Hemmungen sind längst verflogen. Man duzt sich dort allgemein, und so erfuhr ich, daß Frau Albers mit Vornamen Thea heißt.

Als »Bea und Thea aus Kaltenborn« sind wir bereits bestens bekannt. Es ist der netteste Kreis, den ich je getroffen habe, und ich ärgere mich, daß ich nicht schon früher hingegangen bin.

Zwar sagt einem der gesunde Menschenverstand, daß jede werdende Mutter von diesem und jenem Übel heimgesucht wird. Aber wie ungeheuer anregend ist es doch, die eignen geschwollenen Füße in ein Gesamtgespräch einbringen zu können, das von Haar- und Zahnproblemen während der Schwangerschaft handelt. Und wie ergriffen lauscht man, wenn von schwindelnd hohen Gewichtszahlen die Rede ist. Man fühlt sich gleich viel leichter.

Wohltuend ist auch die Erkenntnis, mit – beispielsweise – der Raumfrage keinesfalls allein zu stehen. Alle, die bereits Kinder haben, kämpfen um ein Babyzimmer, und manche wissen überhaupt noch nicht, wie und wo in ihrer Zweizimmerwohnung oder ihrer Notunterkunft sie das Kleine unterbringen sollen. Im Vergleich dazu bin ich geradezu privilegiert. Die heitere Gelassenheit, mit der die ausgesiedelte Lidia das Problem angeht, beschämt mich ebenso wie die ruhige Besonnenheit, die Birgit an den Tag legt. Birgit steht völlig allein, ist zwanzig Jahre alt und hat bis zum vergangenen Monat bei der Post gearbeitet. Jetzt genießt sie zwar Mutterschutz, hat aber kein nennenswertes Dach überm Kopf, weil sie nicht in ihrer Wohngemeinschaft bleiben kann. Vom Vater des Kindes ist nie die Rede.

Aber auch ich halte einsame Rekorde, indem ich die einzige über fünfunddreißig bin und die einzige, die bereits drei Kinder hat. Aber seitdem ich in der Gruppe bin, macht es mir weniger aus. Frau Doktor sei gepriesen für den Tip.

29. Mai, Pfingstsamstag

Wir sind allein, Kevin, Cromwell und ich. Gero ist mit den Mädchen nach Mainz zu den Großeltern gefahren, und eine Diskussion darüber, ob ich mitkommen soll oder nicht, kam gar nicht erst auf, weil die Großeltern uns alle fünf nicht unterbringen können. (Wer kann das schon!)

Abgesehen davon, daß ich mich auf ein paar unbeschwerte Tage ohne Kocherei und Tischdecken freue wie ein Schneekönig (wir leben aus Dosen, Joghurtbechern,

Eistüten und Saftflaschen), hat es mich mit einer gewissen Befriedigung erfüllt, daß auch anderswo aus Platzgründen ein kompletter Familienbesuch nicht stattfinden kann. Das hat nichts mit mangelnder Gastfreundschaft zu tun.

Wie immer, wenn man mit Kevin allein ist, hat man den Himmel auf Erden. (Das gleiche denkt er sicher auch von mir.) Wir schwelgen in »Pippi Langstrumpf«, von Laura in Form von Videofilmen und Schallplatten großzügig zur Verfügung gestellt, führen unseren Hund aus, füttern unsere Ponys mit trockenen Brotresten und machen es uns gemütlich mit Memory und den zerfetzten Bilderbüchern, die Kevin leidenschaftlich liebt. Jetzt, wo ich es niederschreibe, ist mir auch klar, warum er so ein kleiner Engel ist, der weder trotzt noch motzt; einfach deshalb, weil alles nach seinem Willen geht. Kevin ist kein Rebell. Er sucht nicht nach Widerständen, wo keine sind.

Er und ich, wir wären das ideale Team, friedlich, hilfsbereit, perfekt aufeinander abgestimmt. Das denkt er bestimmt, und ich dächte es auch, wenn mir nicht Tommy Albers vor Augen stünde, von dem seine Mutter schwört, daß er der einfühlsamste, liebevollste Sohn ist, sobald sie miteinander allein sind. Allerdings nur dann.

Aber Kevin und ich sind nur selten miteinander allein, normalerweise muß er sich seiner Haut wehren, und ich muß es auch. Ein Pfingstwochenende, das wir in vollen Zügen genießen, wird aus mir keine Kevin-fixierte Mutter machen und ihn nicht fürs Leben verderben.

31. Mai, Pfingstmontag

Seit ich Gero kenne, und das sind jetzt fast fünfzehn Jahre, kenne ich seine Tante Irmi. Ich schätze sie, ich mag sie. Aber ich würde sie noch mehr schätzen und noch mehr mögen, wenn sie die Güte hätte, ihre sporadischen Besuche bei uns vorher anzukündigen.

Am Samstagabend begann es in Strömen zu regnen, es wurde kalt und unfreundlich. Nach einem längeren Telefongespräch mit dem Rest unserer Familie in Mainz verkroch sich Kevin mit seinem Tötel ins Bett. Ich tat das, was ich bei andern verabscheue: ich sah von der 8-Uhr-Tagesschau bis Mitternacht fern. Danach war ich so gerädert, daß ich nicht einschlafen konnte, und auch Nummer vier benahm sich äußerst lebhaft. Am Sonntagmorgen – es regnete immer noch, und in den Räumen hatten wir nur siebzehn Grad – trennte ich mich erst gegen neun Uhr von meiner warmen Bettdecke, verwarf den Gedanken an den Kachelofen und stellte nur in der Küche den Elektroheizer an.

Kevin und ich saßen in unseren ausgeleierten, alten Jogginganzügen am Tisch, Cromwell lag auf einer zerfransten Decke darunter, wir aßen alle drei Streuselkuchen und krümelten hemmungslos, Cromwell auf den Boden, wir auf die Tischplatte, als es klingelte.

Ich erstarrte. Kevin stieß vor Schreck seinen Milchbecher um. Wir hatten beide den gleichen Impuls: uns nicht zu rühren, das Klingeln zu ignorieren, uns notfalls in der Garage zu verstecken. Da unser Auto weder vor der Tür noch in der Garage stand, mußte jeder annehmen, daß wir allesamt ausgeflogen waren.

Aber Cromwell machte uns einen Strich durch die

Rechnung, indem er sich auf seine Pflichten als Wachhund besann. Er schüttelte die Streusel aus seinem Fell, wälzte sich von der Decke, lief in die Diele und warf sich bellend gegen die Haustür.

»Hallo, Cromwell«, erklang von draußen schmeichelnd die Stimme von Tante Irmi. Cromwell beeindruckte sie damit zwar nicht, aber mich brachte sie auf die Füße. Kevin verzog angewidert das Gesicht, als ich ihm seine Socken hochzog. Auf dem kurzen Weg zur Haustür ging mir alles durch den Kopf, was dem ahnungslosen Besucher ins Auge stechen müßte: das Chaos in der Küche, das unaufgeräumte, kalte Wohnzimmer, die übervollen Wäscheständer im Bad, unser beider schlampige Erscheinung – und das am Pfingstsonntag!

Tante Irmis Augen weiteten sich vor Erstaunen, als sie meiner durch den geöffneten Türspalt ansichtig wurde. *Damit* hatte sie nicht gerechnet.

Offenbar hat ihre Schwester, unsere Mainzer Omi, meine neuerliche Schwangerschaft schamhaft verschwiegen.

»Ja saaag mal«, stammelte Tante Irmi, die einen todschicken olivgrünen Hosenanzug zu einem farblich genau abgestimmten, aufgespannten Schirm trug.

Ich hob die Schultern, lächelte sie gewinnend an und machte eine eher resignierte als einladende Handbewegung.

Dann redeten wir minutenlang wild aneinander vorbei, das heißt, sie bedauerte, ungelegen zu kommen, und ich entschuldigte mich pauschal für mein ungepflegtes Heim, meinen feindselig blickenden Jüngsten und die Abwesenheit meiner restlichen Lieben.

Nun ist Tante Irmi ja immer eine patente Person gewe-

sen (von ihrem fatalen Hang zu Überraschungsbesuchen einmal abgesehen).

Wir einigten uns auf einen Kaffee im ungeheizten Wohnzimmer und auf ein gemeinsames Mittagessen im Landhaus-Restaurant. Kevin, dessen Ähnlichkeit mit einem Engel abrupt in Unausstehlichkeit umschlug, weil seine traute Zweisamkeit mit Mami empfindlich gestört wurde, ließ sich unwillig in seine watteweichen marineblau-rot gemusterten Hosen mit passender Jacke aus Baumwollvlies kleiden und bestand grollend auf seine alten gelben Gummistiefel. Bevor wir weggingen, steckte ich das Geburtstags-Lego ein, denn am Pfingstsonntagmittag, wenn wir überhaupt einen Tisch erwischten, würden wir endlos warten müssen, auf die Speisekarte, auf die Bedienung, auf die Getränke, auf das Essen und wieder auf die Bedienung.

Es ist immer dasselbe, und ganz bestimmt einer der Gründe für den Erfolg von MacDonald's, Burger King's und italienischen Pizzeria-Bäckereien.

Die meisten Kinder hassen Restaurants, weil sie sich zu Tode langweilen, aber ich kann nicht von Tante Irmi erwarten, daß sie das weiß. Denn Tante Irmi hat sich dem Streß einer eigenen Familie nie ausgesetzt. Außer einer Dauerverlobung, die mit einer niemals näher erläuterten Enttäuschung endete, gab es keine entsprechenden Ansätze in ihrem Leben. Sie machte Karriere bei einer Hamburger Sparkasse, ist Mitglied in einem Bridge-Club und genießt inzwischen ihren Ruhestand.

Ich wußte, daß sie sich seit Jahren mit dem Gedanken trägt, in den Süden zu ziehen, und wenn es stimmt, daß in Hamburg das Klima noch lausiger ist als in der Eifel, kann ich ihr diesen Wunsch durchaus nachfühlen.

Sie habe, erzählte Tante Irmi, während wir zu ihrem Wagen stapften, den gesamten Mittelmeerraum nach einer passenden Bleibe beziehungsweise einem bebaubaren Grundstück abgeklappert, ohne jedoch fündig zu werden. Denn erstens sei die Riviera auch nicht mehr, was sie einmal gewesen ist, zweitens halte sie es nach längerer Überlegung doch für unvernünftig, allein in einer völlig fremden Umwelt zu siedeln, ausschließlich auf höchst unvollkommene Sprachkenntnisse angewiesen – nichts gegen die Volkshochschulkurse, aber in die Tiefe gingen sie natürlich nicht – und überhaupt fehle einem auf die Dauer doch manches . . .

Ich schloß daraus, daß Tante Irmi den Traum vom Altersruhesitz im sonnigen Süden aufgeben hätte, und damit lag ich wieder einmal total falsch. Nicht aufgegeben hat sie den Plan, nur abgeändert. Zum Beispiel braucht das Ganze nicht am Meer zu liegen. Die Gewässer heutzutage sind ja dermaßen verkommen, daß man sich von ihnen am besten fernhält.

All dies besprachen wir im Auto auf dem Weg zum Landhaus-Restaurant. Anschließend mußten wir eine Viertelstunde lang auf jede Art der Unterhaltung verzichten, weil uns die Suche nach einem Tisch total in Anspruch nahm.

Wir wurden von einer hektischen Aushilfe an einen Vierertisch dirigiert, wo bereits ein Ehepaar saß. Wer jemals »dazugesetzt« wurde, auch wenn er kein Kleinkind im Schlepptau hat, der weiß, wie verzweifelt man sich nach einem freiwerdenden Tisch den Kopf verrenkt . . . Ich bekam schon fast Genickstarre, als Tante Irmi, flink wie ein Wiesel, zum Fenster huschte, wo gerade ein beleibter Haushaltungsvorstand die Brieftasche zückte. Zum deutlich gezeigten Unwillen der Aushilfskraft wechselten wir fünf Minuten später zum Fenstertisch über. Wir fühlten uns wie Eroberer. Kevin baute seinen Tötel vor sich auf, wir studierten die Speisekarte, entschieden uns für Forelle im Mandelkleid mit Petersilienkartöffelchen, dazu Moselwein und für Kevin Apfelsaft.

Das war gegen halb eins. Um ein Uhr trank Kevin den zweiten Apfelsaft, und ich war froh, daß ich kein Extra-Essen für ihn bestellt hatte, denn je mehr er vorher trinkt, um so weniger ißt er anschließend. Immerhin blieb er brav sitzen und sortierte die Legoteile. Tante Irmi weihte mich inzwischen in ihre neuen Zukunftspläne ein.

Wie bereits gesagt, es mußte kein Haus am Meer sein. Aber Italien schwebte ihr immer noch vor, schon deshalb, weil sie die mühsam erworbenen mageren Sprachkenntnisse nutzen wollte, und dabei kam endlich auch ich ins Spiel.

Hatte ich nicht eine Schwester, die in der Toskana lebte? War nicht auch meine Mutter dorthin gezogen? Richtig! Nun, und was sprach dagegen, daß sich Tante Irmi in diesem Umfeld ebenfalls wohl und zu Hause fühlen würde?

Dagegen sprachen tausend Gründe, die mir auf Anhieb einfielen, vor allem die Tatsache, daß es sich bei dem Wohnsitz meiner Schwester keineswegs um einen mondänen Kurort für gehobene Ansprüche handelt, sondern um ein bäuerliches Anwesen in einer unwegsamen Gegend.

Auch sind die Winter in den toskanischen Bergen durchweg kalt, zuweilen sogar schneereich, und die Heizung besteht aus einem Küchenherd und einem offenen Kamin.

»Ach, so was kann sehr anheimelnd sein«, meinte Tante Irmi träumerisch. Mir blieb der Mund offenstehen. Soviel ich weiß, lebt sie seit Jahrzehnten in einer Zweieinhalb-Zimmer-Eigentumswohnung in einem der nobleren Vororte der Hansestadt Hamburg, mit einer Apotheke im Erdgeschoß und einem Glaspalast voller Arztpraxen nebenan, unweit eines Einkaufszentrums mit Cafeteria und Spezialitäten-Restaurant.

Ich konnte mich schlecht weigern, ihr die Adresse und Telefonnummer meiner Schwester zu geben, aber ich tat es sehr zögernd. Es war halb zwei, als unser Essen aufgetragen wurde und Kevin den dritten Apfelsaft schlürfte.

Tante Irmi bat mich, ihr die Toskanafotos zu zeigen, die wir während unserer diversen Sommeraufenthalte gemacht hatten. Ich überlegte fieberhaft, wo die Alben, die mehrfach umgeräumt worden waren, zur Zeit liegen mochten, als mich jemand aus einer entfernten Ecke grüßte.

Es waren Werner Albers und Frau Thea, die sich gerade an einem freigewordenen Tisch niederließen. Mein Gebet, daß sie Tommy vorübergehend chloroformiert hätten, wurde nicht erhört.

Kaum hatten seine Eltern die Köpfe über die Speisekarte geneigt, schoß er bereits wie eine Rakete quer durch das Lokal, Daniel Düsentrieb persönlich, um an unserer Tischdecke zu zerren, daß die Gläser wackelten, und den Tötel namens Donatello zu entführen.

Kevin stieß einen ohrenbetäubenden Schrei aus, rutschte vom Stuhl und rannte auf Strümpfen hinter Tommy her, schleuderte einen seiner schmutzigen Gummistiefel nach ihm, traf einen Kellner in die Kniekehle und fiel der Länge nach auf den glatten Parkettboden.

Der Mann schwankte mitsamt seinem Tablett, fing sich jedoch wieder, drehte ab und stolperte über Kevin, der überall zu bluten schien.

Es war, wie sich später herausstellte, nur seine aufgeschlagene Nase, aber der Aufruhr hätte nicht gewaltiger sein können – und meine Panik nicht größer.

Alle Leute sprangen auf, erregte Stimmen erhoben sich. Der Kellner fluchte. Thea, kreidebleich im Gesicht, drängte sich zu uns durch und bot zitternd ihre Hilfe an.

Inzwischen hatte ich Kevin aufgehoben und ihm mit der Papierserviette, die ich zufällig in der Hand hielt, notdürftig das Blut abgewischt. (Bestimmt nicht die hygienischste Methode!)

Er schluchzte und brüllte immer weiter, nicht wegen seiner Nase, sondern wegen Donatello. Er wollte ihn zurück. Tante Irmi hatte inzwischen die Rechnung bezahlt und winkte uns hastig hinaus, um den Volksaufstand zu beenden, aber Kevin ließ sich nicht abführen, bremste mit seinen Gummistiefeln und entdeckte Tommy hinter einem riesigen Blumenarrangement in der Eingangshalle.

Mich behinderte mein Körperumfang enorm, aber Thea warf sich todesmutig zwischen die beiden Kampfhähne, entwand Tommy den Tötel und warf ihn mir zu.

Tante Irmi hielt bereits ungeduldig die Wagentür für uns auf. Sie war leicht verstört, denn sie ist es weder gewohnt, in einem vollbesetzten Restaurant Aufsehen zu erregen, noch verträgt sie den Anblick blutender Wunden.

Auch hatte sie gar nicht begriffen, was geschehen und worum es eigentlich gegangen war. Ich zeigte auf Donatello, dessen Plastikpanzer wie durch ein Wunder unbeschädigt geblieben war, und sagte: »Das war der Stein des Anstoßes.«

Kevin, immer noch schluchzend, rief, das sei kein Stein, es sei ein Tötel, *sein* Tötel. Er konnte sich nicht beruhigen, und als ich ihm zu Hause vorsichtig die Nase abtupfte und desinfizierte, schrie er wie am Spieß.

Tante Irmi klemmte sich die Alben mit den Toskanafotos unter den Arm und verließ uns fluchtartig.

Ich habe ihr den ganzen Stapel auf unbestimmte Zeit geliehen, ich hätte ihn ihr sogar geschenkt – Hauptsache, sie ließ mich mit meinem trostbedürftigen Sohn in meinem ungeheizten, ungepflegten Haus allein.

»Ich habe aus diesem Fiasko etwas gelernt«, sagte ich zu Gero und den Mädchen, die abends aus Mainz zurückkamen und sich für meine Erlebnisse brennend interessierten. »Von jetzt an bist du jederzeit besuchsbereit«, vermutete Gero in seiner Arglosigkeit, womit er völlig danebentippte. Von jetzt an werde ich an meinen familienfreien Tagen die Haustür nicht mehr öffnen, egal, wer davorsteht. Mag Cromwell bellen, so laut er will.

2. Juni, Mittwoch

Als hätte nicht schon der fatale Sonntag genügt, mir meine Unzulänglichkeiten als Hausfrau vor Augen zu führen, bekam ich heute einen weiteren Wink mit dem Zaunpfahl.

Johanna hatte morgens im Babyzimmer die Fenster geputzt und den Schrank ausgewaschen. Sobald ich den Stoff gekauft habe, wird sie die Vorhänge nähen und den Korbwagen ausschlagen, den wir für die ersten Wochen als Bettchen benutzen und später ins Wohnzimmer und auf die Terrasse stellen wollen. Gegen zehn Uhr unterbrechen wir normalerweise unsere Arbeit und trinken eine Tasse Kaffee zusammen, aber heute setzte sich Johanna nicht mit mir an den Tisch, sondern entwischte in den Garten, wo ich sie verstohlen Unkraut rupfen sah.

Ich rief sie zurück und wollte wissen, was das sollte. Sie kommt in der Regel nur zweimal die Woche, und sie hat im Haus reichlich genug zu tun. Für den Garten brauche ich sie nicht.

Johanna ist eine rundgesichtige, kräftige Frau, tüchtiger als ich, besonnener als ich, älter als ich. Sie steht mir näher als meine Schwester. Sie ist mir unentbehrlicher als irgend jemand sonst, und sie wäre die letzte, mit der ich mich anlegen würde.

In der Tat, erwiderte Johanna bedächtig, gebe es in diesem Jahr jede Menge Arbeit im Haus, schon wegen des Babys, das sei wohl wahr. Indessen müsse man auch an den Garten denken, nicht wahr, denn darauf sehen die Leute.

In ihrer schonungsvollen, umschweifigen Art brachte mir Johanna bei, daß sie auf die Wildnis vor unserer Tür angesprochen worden war. In der Eifel ist der Garten die Visitenkarte seiner Besitzer, und wer bei den Besitzern arbeitet, identifiziert sich mit ihnen. Johanna fühlt sich für alles verantwortlich, was uns gehört und uns betrifft. Unser Garten ist noch nie ein Aushängeschild gewesen, auf das man stolz sein konnte. Aber so schlimm wie dieses Jahr hat er früher nicht ausgesehen. Johanna schämte sich für ihn. Ich riß das Fenster auf und sah mit geschärftem Blick, daß er überhaupt keine Ähnlichkeit mit einem Garten mehr hatte, nicht im herkömmlichen Sinne jedenfalls.

Es herrscht eine gewisse Grenzenlosigkeit, das heißt,

alles geht ineinander über. Die Petersilie hat sich zwischen den Löwenmäulchen breitgemacht, der Schnittlauch kämpft gegen Schachtelhalme, und es ist nur noch eine Frage der Zeit, wann die Brennesseln das gesamte Terrain erobert haben.

Die dürren Äste vom Vorjahr bilden lauter kleine, wild überwucherte Hügel entlang dem Zaun, und überall ist der Löwenzahn im Vormarsch.

Wir sind beide keine Gärtner, Gero und ich. Der einzige, der sich alljährlich um Zaun, Bepflanzung und Ponykoppel verdient gemacht hat, ist der Opa. Dieses Frühjahr kam er erstmals nicht, weil wir ihn nicht unterbringen konnten. Hätte ich meinen Nestbautrieb nicht wenigstens bis Juni unterdrücken können? Eine müßige Frage.

Aber irgend etwas müssen wir tun, um unser Gesicht zu wahren, und zwar unverzüglich. Denn Johanna hat mich mit gesenkter Stimme darauf hingewiesen, daß nächste Woche Fronleichnam ist und die Prozession an unserem Haus vorbeiführt. Wenn wir schon insofern aus dem Rahmen fallen, als wir evangelisch sind und daher kein Altärchen aufbauen, sollte wenigstens unser Anwesen nicht unangenehm ins Auge fallen. Ich habe das sofort eingesehen.

Die Panik, die mich neuerdings so leicht befällt, habe ich niedergekämpft, indem ich Johanna für morgen nachmittag und für Montagnachmittag extra verpflichtete. Gero habe ich angewiesen, sich um den Zaun an der Straßenfront zu kümmern, und die Mädchen sollen in jeder freien Minute Unkraut jäten. Ich selbst beschränkte mich aufs Polieren des Gartentors, den Nummer vier nimmt jede zusätzliche Anstrengung persönlich übel, und ohnehin kann ich mich kaum mehr bücken.

Vorhin rief Tante Irmi an, zeigte sich entzückt von den Fotos und wahnsinnig angetan von der Toskana. Sie sagte, sie habe meine Schwester angerufen und für Ende des Monats das Ferienhäuschen gemietet, das eigentlich für uns reserviert gewesen wäre.

10. Juni, Donnerstag, Fronleichnam

Falls es mißbilligende Blicke seitens der Prozession auf unseren Garten gab, so habe ich sie nicht bemerkt. Ich dachte nur daran, wie sich unsere Laura vor zwei Jahren ein weißes Kleid ertrotzt hat, um als »Engelchen« im langen Zug mitgehen zu dürfen.

Nachmittags waren wir bei Johanna in Büsch zum Kaffee eingeladen, alle, versteht sich, aber fest gerechnet wird bei solchen Einladungen nur mit Frauen und Kindern.

Gero, der mit Cromwell keine langen Waldläufe mehr machen kann, stieß bereits gegen halb fünf zu uns und versetzte Johanna und ihre Familie in freudige Erregung, so als verbreite Herr Sonnemann einen besonderen Glanz.

Es ist verblüffend.

Der Stellenwert eines Mannes wird einfach höher angesetzt. Nichts ist gut genug für ihn, frischer Kaffee wird aufgebrüht, frischer Kuchen wird aus dem Spind geholt, frische Sahne wird eilends geschlagen. Jedes Wort aus seinem Mund wird mit Andacht aufgenommen, der alte Onkel kriegt verstohlen das Jackett abgebürstet, und der anschließende Rundgang durch Johannas prachtvollen Garten gilt als Höhepunkt des Tages.

Gero kommt aus dem Staunen nicht heraus angesichts der samtweichen Erde, die Johannas Beete bedeckt, und der geradezu soldatischen Ordnung, die unter Salatköpfen, Zwiebeln, Bohnen und Suppenkraut herrscht.

Kevin, der sich die meiste Zeit zwischen den Knien des alten Onkels aufhält, ist bei solchen Einladungen nie eine Last; die Mädchen sind in Büsch sowieso wie zu Hause, besonders Katrin, schon der Katzen wegen, die sie rechtmäßig besitzen und regelmäßig versorgen.

»Wenn Cromwell im Himmel ist, holen wir die Katzen zu uns«, sagt Laura jedesmal beim Abschied, und zwar so, daß Gero es hören muß. Johanna ist das immer peinlich, denn sie weiß, daß Gero sich aus Katzen nichts macht.

Diesmal nickte sie nur zerstreut vor sich hin und bemerkte mit Nachdruck: »Jetzt kriegt ihr erst mal ein Kindchen.«

Damit sprach sie mir aus der Seele.

14. Juni, Montag

Es ist ein Glück, daß ich im Hinblick auf anderer Leute Kinder nicht mehr so kleinlich und engstirnig reagiere wie früher, wo meine Freundschaft mit Antje der Zwillinge wegen des öfteren Gefahr lief, in die Brüche zu gehen.

Hätte ich mich in diesem Punkt nicht geändert, wäre ich mit Thea Albers längst auseinander, denn Tommy ist wirklich eine Geißel Gottes.

Heute fand unser Mütterkurs schon um sechs Uhr statt. Wir mußten um halb sechs wegfahren, Herr Albers war noch nicht zu Hause, um Tommy zu hüten, und mitnehmen wollten wir ihn unter keinen Umständen.

Also blieb er bei Kevin. Katrin führte die Aufsicht, bis Gero kam, der Tötel ruhte wohlversteckt in der Wäschekommode. Hinter dem Haus ist frischer Sand aufgeschüttet, es mangelt nicht an Schippen, Eimern, Förmchen, Gießkännchen. Auch gibt es einen kleinen Lastwagen mit Anhänger und einen Bagger.

Mir fiel auf, daß Thea sich durch die Hintertür hinausschlich und auf dem Beifahrersitz so lange auf Tauchstation ging, bis wir außer Sichtweite waren.

Ich fragte sie, was los sei, und sie gestand mir zerknirscht, daß sie Tommy noch nie irgendwo allein gelassen hatte außer mit seinem Vater.

Ich sagte ganz erschüttert: »Thea, er ist vier Jahre alt!«

Sie seufzte und nickte, gab zu, immer noch die halben Vormittage im Kindergarten zu verbringen und nicht zu wissen, wie das weitergehen sollte, wenn das Baby da wäre. Ich riet ihr dringend, Tommy abzunabeln; es sei höchste Zeit dafür, und ganz bestimmt sei er viel robuster, als sie es sich träumen ließe. Das glaubte sie zwar nicht, aber im Prinzip stimmte sie mir zu mit den Worten: »Immerhin, ein Anfang ist ja heute gemacht worden.«

Mir war nicht ganz wohl dabei, denn ich sah nicht ein, warum ausgerechnet meine arme Katrin sich mit Tommys Erziehungsproblem Nummer eins herumschlagen sollte, und das auch noch ohne jede Vorbereitung.

Aber dann vergaß ich das Ganze, denn wir kamen pünktlich um sechs Uhr an, wurden mit Hallo begrüßt, hörten, daß zwei unserer Teilnehmerinnen bereits niedergekommen waren, die eine termingemäß, die andere fast vier Wochen zu früh, daß Birgit eine Sozialwohnung in

Kyllstein bekommen hat und Lidias Familie auf ein Bauernhaus in Büsch hoffen darf.

Wir freuten uns aufrichtig mit beiden; ich erzählte Lidia, daß ich mich in Büsch gut auskenne und wir uns dort bestimmt sehen würden.

Die Kursleiterin meinte, ich solle nur noch die Entspannungsübungen mitmachen und mich auf die Atemübungen für den Geburtsvorgang konzentrieren. Alles andere sei mir jetzt nicht mehr zuträglich. Sie fragte, ob das Baby sich schon gesenkt hätte, und ich verneinte.

Sie schien darüber im Zweifel zu sein, aber im Hinblick auf meine diesbezügliche Erfahrung ließ sie das Thema fallen. Mein Stichtag ist der zwanzigste Juli, auf den ich mich jedoch nicht verlasse.

Alle meine Kinder sind nach dem errechneten Termin gekommen. Selbst wenn Nummer vier eine Ausnahme von dieser Regel bilden und pünktlich eintrudeln sollte, habe ich immer noch einen ganzen Monat vor mir.

Als wir nach Hause kamen, war Tommy fort.

Sein Vater hatte ihn auf Geros eindringliches Ersuchen um halb sieben abgeholt.

»Wir sind ja hart im Nehmen«, tuschelte Katrin mir in der Küche zu, »wir hätten die letzte halbe Stunde mit diesem Monster auch noch ausgehalten. Aber Papi war schon nach zehn Minuten total geschafft. Wir sahen kommen, daß er Tommy nach Strich und Faden vermöbeln würde. Deshalb schlug Laura vor, Herrn Albers anzurufen.«

Weil, wie mir Laura bereitwillig erklärte, eigentlich nur Kevin das Recht hätte, Tommy zu verhauen, weil er ihm ebenbürtig sei. Alle andern, sie selbst, Katrin und vor allem Gero seien ihm ganz klar überlegen.

»Deshalb hätte ich kein gutes Gefühl dabei gehabt«, sagte Laura abschließend. Ihre Gerechtigkeitsliebe ist wirklich einzigartig.

»Ich schon«, seufzte Katrin.

Gero hatte, wie immer, wenn er sich abreagieren muß, seinen Hund geschnappt und einen Waldlauf gemacht.

Anschließend erklärte er mir, daß er sich Tommy Albers nie mehr aufhalsen lassen werde. Das Kind sei eine Zumutung und offenbar daran gewöhnt, Leute zu erpressen.

Wenn er nicht reiten dürfe, habe Tommy gedroht, werde er schreien. Aus verschiedenen Gründen wollte Gero ihn nicht reiten lassen, und Tommy hatte zehn Minuten lang geheult wie eine Sirene.

»Das waren die längsten zehn Minuten meines Lebens«, sagte Gero grämlich, »die Leute auf der Straße blieben stehen und beratschlagten, ob sie die Polizei holen sollten. Es hörte sich an, als würde jemand abgestochen.«

Ich schwor ihm hoch und heilig, ihn künftig mit Tommy zu verschonen und überhaupt dafür zu sorgen, daß er einen ruhigen, harmonischen Feierabend habe. Sein Arbeitstag, sagt er, sei nervenaufreibend genug. Zusätzlichen Streß verkrafte er nicht.

Wie kommt es nur, daß ich mich sofort schuldbewußt fühlte und kleinlaut wurde? Schließlich war ich nicht in eine Disko gefahren, sondern ins Caritas-Heim zum Mütterkurs.

Bevor er das alte Lied vom geplagten Brötchenverdiener weitersingen konnte, legte ich beide Hände auf Nummer vier, zog die Füße aus den Schuhen und fragte: »Wollen wir tauschen?«

Darauf ging Gero begreiflicherweise nicht ein.

Aber wenigstens hörte er auf, sich als den armen alten

Lastesel aufzuspielen, den seine Familie gnadenlos ausbeutet.

20. Juni, Sonntag

Seit langer Zeit noch einmal ein Tag nach meinem Herzen, den ich richtig genossen habe.

Vormittags kam Peter Ansgar auf ein Viertelstündchen vorbei, der normalerweise ja nicht gerade mein Spezi ist. Aber er gehört zu den verschwindend wenigen Menschen, die jedes Kind als ein Geschenk des Himmels begrüßen und mich meiner vierten Schwangerschaft wegen nicht scheel anschauen.

Mittags gab es Gemüseeintopf und jede Menge rote Grütze aus Gartenerdbeeren, und danach herrschte Ruhe im Haus, denn Gero fuhr mit den Kindern zu den Reiterspielen des Reitvereins nach Kyllstein.

Den ganzen Nachmittag kramte ich glücklich in den Babysachen herum, die noch von Kevin übriggeblieben waren, schrieb mir auf, was fehlte, und strickte das rotweiß geringelte Jäckchen zu Ende, das ich im April angefangen habe. Ich bin keine begnadete Strickerin, greife eigentlich nur zu den Nadeln, wenn ich schwanger bin, und kann mit Künstlerinnen wie Johanna oder Miriams Mutter nicht konkurrieren.

Dabei fällt mir ein, daß wir von Miriam in letzter Zeit wenig gesehen haben. Ob sich die Tatsache, daß sie in eine andere Schule geht als Katrin, auf die Dauer noch auswirkt? Oder woran sonst kann es liegen? Immerhin war sie früher öfter bei uns als bei sich zu Hause – oder zumindest kam es mir so vor.

Als die Kinder aus Kyllstein zurückkamen, erzählten sie, die Reiterspiele wären »dämlich« gewesen, die Voltigier-Gruppe hätte sich »total blamiert«, und eine Reihe hinter ihnen hätte Wibke Solms gesessen und wie verrückt Beifall geklatscht.

»Reitet sie auch?« fragte ich Gero, der zu allem amüsiert den Kopf schüttelte.

Sie habe wohl mal damit angefangen, es aber wieder aufgegeben. Ob er ihr mal unsere Ponys anbieten solle, zur Übung sozusagen?

Katrin tippte sich verächtlich an die Stirn.

»Kommt ja überhaupt nicht in Frage«, empörte sich Laura. Es sollte nur ein Witz sein, sagte Gero, und genau das hatte ich mir gedacht, denn das Stockmaß unseres Billy beträgt ein Meter sieben und das unseres Benny ein Meter zehn. Selbst Katrins Füße schleifen schon über den Boden, wenn sie aufsitzt.

»Du willst uns nur ärgern«, grollte Katrin.

Das gab Gero sofort zu. Er war sichtlich vergnügt.

28. Juni, Montag

Das Babyzimmer mit den sonnengelben Vorhängen ist ein Schmuckstück geworden! Aus dem gleichen Material, nur einen Ton heller, hat Johanna die Bezüge für den Korbwagen und das Bettchen genäht. Eine rote Sonne, von Katrin gemalt und beim Wettbewerb preisgekrönt, hängt an der Wand. Ein kleiner roter Teppich liegt auf dem Dielenboden. Ich schließe das Zimmer immer ab, damit sich Cromwell nicht auf den Teppich legt.

Heute bin ich nicht nach Kyllstein gefahren, denn

Tante Irmi rief gegen halb sechs an und nagelte mich ans Telefon. Sie wollte eine genaue Wegbeschreibung zum Landgut meiner Schwester, und als ich sie endlich losgeworden war, war es zu spät. Das heißt, mit zwanzig Kilo weniger Gewicht und entsprechend längerem Atem hätte ich es noch schaffen können. So aber, wie ich zur Zeit gebaut bin, bewege ich mich im Schneckentempo und lasse mich nicht hetzen.

Thea, das wußte ich, ist sowieso zu Haus geblieben, weil ihr Mann morgen Geburtstag hat und sie mit den Vorbereitungen beschäftigt ist.

Die tiefe Befriedigung in Geros Antlitz, als er mich wider Erwarten an meinem angestammten Platz vorfand, war nicht zu übersehen.

30. Juni, Mittwoch

Die Frage, wie Nummer vier heißen soll, erregt die Gemüter in unserem Familienkreis mehr als jedes weltpolitische Ereignis.

Einerseits soll es ein Name sein, der nicht aus dem Rahmen fällt, weil das Kind sonst gehänselt wird. Damit scheiden so klangvolle Gebilde wie Anastasia, Aurelia, Alwine, Constantin, Reginald und so weiter von vornherein aus.

Andererseits soll es kein Allerweltsname sein, und dazu gehören außer Thomas, Michael und Andreas auch Julia, Petra und – Gott sei's geklagt – Katrin.

Namen, die einem früher gut gefallen haben, verlieren rapide an Attraktion, sobald man jemanden kennenlernt, der so heißt.

Dennis, zum Beispiel, war einer unser wenigen gemeinsamen Favoriten, bis Katrin ins Gymnasium kam und Dennis Schober traf, den Klassenschreck, das Ekel, den Kotzbrocken.

Ähnliches passierte Laura mit dem Namen Philipp, mit dem sich ausgerechnet Herr Derich schmückt.

Biblische Namen wie Esther und Rebecca werden von meinen Töchtern ebenso heftig abgelehnt wie solche französischen Ursprungs, etwa Nicole, Simone, Nadine, die hier sehr gebräuchlich sind.

»Ich hätte gern eine kleine Ursula«, seufzt Gero von Zeit zu Zeit, woraufhin sich Katrin und Laura die Hände an den Hals legen und würgende Geräusche von sich geben.

Das gleiche tun sie bei der Erwähnung von Gabriele, Andrea, Martina, Claudia, Bernd, Dirk, Detlef. Ich könnte diese Reihe beliebig fortführen.

Außer Florian für einen Jungen und Annette für ein Mädchen lassen sie nichts gelten, und beides lehnte ich aus tiefstem Herzen ab.

»Hör mal«, raunte Gero heute abend, nachdem ich meine einhundertvierzig Pfund die Treppe hinaufgeschleppt hatte, »was mache ich, wenn ich das Kind anmelden muß?«

»Du hast also längst entschieden?«

»Darauf kannst du wetten.«

»Und warum rückst du nicht heraus damit?«

Na, warum wohl? Weil ich meine Namen nicht dem Hagelsturm der Entrüstung, dem Ächz, Stöhn und Würg aussetzen will. Gero versprach, mir nicht in den Rücken zu fallen, ihm sei alles recht, von A bis Z, von Alfons bis Zita.

»Verrate sie mir«, bat er. Und das tat ich dann auch.

7. Juli, Mittwoch

Heute bekamen die Kinder Ferien – Gott sei Dank. Denn abgesehen vom Druck der Zeugnisse, der jetzt endlich von uns weicht, brauche ich jeden Tag für jeden Handgriff Hilfe. Ich bin mir selbst zuwider.

Ab nächste Woche hat Gero Urlaub, um zur Verfügung zu stehen, wenn ich im Krankenhaus bin. In der zweiten Ferienhälfte will er dann mit den Kindern an die Nordsee fahren, besser gesagt: Ich will, daß er das tut.

Noch wiegelt er ab mit »Wir wollen mal sehen« und »Wer weiß, was sich ergibt«. Aber ich bin fest entschlossen, sie alle für zwei Wochen abzuschieben, um mich uneingeschränkt meinem neuen Kind widmen zu können. Denn eine solche Gelegenheit, einander in Ruhe kennenzulernen, wird sich uns sobald nicht mehr bieten, Nummer vier und mir.

Katrin hat im Schnitt gute Noten. Selbst in Englisch hängt sie nicht mehr durch, obwohl Sprachen nicht ihre Stärke sind. Bei der fürs nächste Jahr anstehenden Wahl zwischen Latein und Französisch hat sie sich für Latein entschieden, weil es so geschrieben wird, wie man es spricht.

Lauras Zeugnis ist mäßig, wie immer, aber so schlecht, daß man um ihren Übertritt zum Gymnasium hätte fürchten müssen, ist es bei weitem nicht. (Warum lassen wir uns immer so ins Bockshorn jagen?)

Der Abschied von Herrn Derich fiel uns allen leicht, nur der Gedanke, daß er uns in drei oder vier Jahren durch Kevin wiedergegeben wird, macht mich jetzt schon beklommen. Obwohl die Kindergartenferien erst nächste Woche beginnen, lasse ich Kevin jetzt schon zu Hause. Es heißt, daß es ein paar Masernfälle gibt, und obwohl Kevin dagegen geimpft ist, will ich kein Risiko eingehen, wimmle Claudio, Ralphi, Tanja, Nadine und sogar Tommy energisch ab und kaufe Kevin zum Trost einen zweiten Tötel (Raphael, rotes Stirnband, wenn möglich noch häßlicher als Donatello).

Masern. Die würden mir gerade noch fehlen.

10. Juli, Samstag

Miriam hat einen Freund. Ich fasse es nicht. Sie ist nur ein halbes Jahr älter als Katrin. Dreizehneinhalb. Er heißt Manfred, wird Manni gerufen, scheint der Anführer einer Gang zu sein und daher sehr hohe Achtung zu genießen. Außer bei Katrin, die ihn verabscheut.

Kein Wunder, daß Miriam sich kaum mehr sehen läßt.

»Woher kennst du ihn überhaupt?« fragte Laura.

»Wir fahren doch alle im gleichen Bus«, sagte Katrin, »warte nur, bis du mal erlebst, wie der sich über zwei Plätze ausbreitet, jedem ein Bein stellt, der vorbei will, und sich kaputt lacht, wenn die Leute reihenweise hinfallen. Widerlich ist der Typ, einfach widerlich!«

»Laßt ihr euch das denn alle gefallen?« wunderte sich Laura.

»Mit dem legt sich keiner an«, seufzte Katrin.

Ich gebe zu, das ist keine goldene Regel, die diesem Manni gegenüber aufgestellt worden ist. Irgend jemand sollte sie brechen.

»Laß es nicht Laura Sonnemann sein, lieber Gott«, betete ich, als ich die kurzsichtigen Augen meiner neunjährigen, schmalschultrigen, dünnbeinigen Tochter kampflustig funkeln sah. Ich habe wenig Hoffnung, daß meine Gebete erhört werden. Aber zumindest bleibt mir eine Gnadenfrist bis zum Schulanfang, dem 20. August.

13. Juli, Dienstag

Halleluja.

Seit zwei Tagen bin ich glückliche Mutter zweier Töchter und zweier Söhne.

Glücklich ist gar kein Ausdruck. Ich schwebe zehn Zentimeter über dem Erdboden. Ich könnte die ganze Welt umarmen. Jonas ist da. Ein Sonntagsjunge, acht Pfund schwer, fünfundfünfzig Zentimeter lang. Dunkles, weiches Haar, strahlend blaue Augen. Das schönste Kind auf der ganzen Station. Jeder sagt, er sieht schon wie ein Säugling aus, nicht wie ein Neugeborenes.

Seine Schwestern sind so überwältigt von ihm, daß sie sogar vergessen, wegen des Namens die Nasen zu rümpfen.

Jonas.

Sie fragten lediglich, wie und wann ich denn darauf gekommen wäre, und ich sagte: »Schon lange.« Dann wollten sie wissen, wie ich ein Mädchen genannt hätte, und ich sagte: »Isabell.« Darauf wechselten sie einen langen, beziehungsvollen Blick miteinander und gaben ihrer Freude Ausdruck, daß es ein Junge ist.

Kevin ist das alles egal. Er fühlt sich sichtlich unbehaglich, wenn er hier ist, drückt sich verlegen an Geros Knie und flüstert dauernd, er müsse aufs Klo, er habe Durst, er wolle nach Hause.

»Du kannst ruhig laut sprechen«, ermuntert ihn Laura,

aber Kevin schlägt die Augen nieder, mustert seinen Bruder scheu von der Seite und klammert sich an seinen Vater wie ein Äffchen.

Ihm zuliebe schenkt Gero dem Baby nur maßvolle Aufmerksamkeit, findet aber, genauso wie ich, daß es Ähnlichkeit mit Katrin hat.

Heute erst haben sie mir mein Tagebuch mitgebracht.

»Ohne auch nur ein einziges Mal reinzuschauen«, wie Laura glaubhaft mit erhobener Stimme versicherte.

14. Juli, Mittwoch

Wenn ich jetzt den Sonntag nicht nachtrage, gerät die Geburt unseres vierten Kindes am Ende gar in Vergessenheit. Stündlich bedrängen und beschäftigen mich tausend Kleinigkeiten, eine überlagert die andere.

Kurz nach meinem Tagebucheintrag am Samstagabend wurde mir furchtbar übel. Ich dachte schon, die Käsetorte vom Nachmittag wäre mir nicht bekommen, als ein wohlbekannter, ziehender Schmerz im Rücken mich an anderes gemahnte . . . zehn Tage zu früh!

Ich hielt es für falschen Alarm, beruhigte Gero, der sofort kribbelig wurde, und rückte mich, so gut es ging, im alten Ledersessel im Wohnzimmer zurecht. Alle anderen Sitzgelegenheiten hatte ich in letzter Zeit verworfen.

Die Schmerzen hielten sich in erträglichen Grenzen, aber die Übelkeit machte mich fertig.

Gegen elf ließ sich Gero nicht mehr davon abbringen, Frau Doktor anzurufen, die ihn aufforderte, mich unverzüglich ins Krankenhaus zu bringen, egal, wie stark oder wie schwach die Wehen wären.

Ich hatte nichts dagegen. Ein gewisser Ehrgeiz, nur ja nicht zu früh auf der Station zu erscheinen, war mir nach drei Geburten abhanden gekommen.

Auch bin ich nachts viel unsicherer als am Tag, und ich wollte Gero nicht länger auf die Folter spannen. Er ist kein Held, Geburtshilfe ist nicht seine Sache, und der Wunsch vieler Väter, ihr Kind auf die Welt kommen zu sehen, hat ihn nie gestreift. Kein Vorbereitungskurs, den wir jemals gemeinsam besucht hätten, obwohl das heutzutage viele Ehepaare tun. Ich nehme ihm das nicht übel. An seiner Stelle würde ich mich auch nicht darum reißen.

Er lieferte mich und meine Reißverschlußtasche gegen Mitternacht im Krankenhaus ab, begrüßte Frau Doktor, die gleichzeitig angekommen war, und zog sich mit der gemurmelten Entschuldigung zurück, die Kinder wären allein daheim.

Frau Doktor untersuchte mich, machte mir wenig Hoffnung auf baldige Niederkunft und überließ mich der Hebamme. In diesen nervtötenden Vorgesprächen ist immer nur die Rede von Geldstücken, an denen die Öffnung des Muttermundes gemessen wird. »Pfenniggroß«, sagte Frau Doktor abschätzig, »das dauert!« Die Hebamme namens Schwester Gertrud wies mir ein Bett in Zimmer vierzehn zu und verschwand.

Das war gegen ein Uhr. Zwei Stunden lang kämpfte ich mit den Tränen, mit Übelkeit, Schweißausbrüchen und stärker werdenden Wehen. Dann wälzte ich mich hinaus auf den Gang, wo jede Menge Blumenvasen standen und ich eine Leidensgenossin traf: Ulla aus dem Mütterkurs!

Noch nie hat mich eine Begegnung so aufgerichtet wie diese, und auch Ulla, die käsebleich aussah, bekam wieder Farbe im Gesicht.

»Man fühlt sich ja dermaßen verlassen«, flüsterte sie, »die letzten Stunden kommen mir länger vor als die ganzen neun Monate!«

Sie hielt übrigens nichts von Schwester Getrud und hoffte, die andere Hebamme zu erwischen, die um sechs Uhr den Dienst antrat.

Ich wollte mich diesem frommen Wunsch gerade anschließen, da merkte ich, daß es zu spät war. Ich würde mit Schwester Gertrud vorliebnehmen müssen, das stand fest.

Ich trommelte an die Tür des Schwesternzimmers und ließ mich auf keine Spekulationen über Pfennig- oder Markgröße mehr ein. Dies war nicht meine erste Geburt, sondern meine vierte. Ich kannte mich aus. Ich wußte, daß es keine halbe Stunde mehr dauern würde.

Ich wurde unangenehm schroff und schrill. Ich verlangte Frau Doktor.

Ulla sah mir mit der wohlbekannten Mischung aus Neid und Mitgefühl nach, als ich ins Entbindungszimmer watschelte. Frau Doktor ließ auf sich warten.

Als sie endlich erschien, war mein Sohn Jonas – geboren am Sonntag, den 11. Juli, morgens um Viertel vor fünf – bereits gewogen, gemessen, gebadet und angezogen.

»Sie sind ja schneller als die Feuerwehr«, bemerkte Frau Doktor mißbilligend.

»Wir sind eben zwei alte Hasen«, sagte Schwester Gertrud und zwinkerte mir zu.

Ja, wir waren ein gutes Team, sie und ich, allerdings erst im letzten Moment, ungefähr ab Einsatz der Preßwehen. Während der zermürbenden Stunden vorher, wenn man sich hilflos und zum Sterben elend fühlt, wird man im

Kyllsteiner Krankenhaus nicht gerade mit Aufmerksamkeiten verwöhnt. Die arme Ulla quälte sich noch bis Sonntagmittag herum, um dann keineswegs normal, sondern mit Kaiserschnitt zu entbinden.

Hätte man ihr dieses schmerzliche Vorspiel nicht ersparen und sie am Sonnabend bereits operieren können?

»Halt dich da bloß raus, Bea!« lautet Geros eindringlicher Rat.

16. Juli, Freitag

Von rechts wegen wäre ich heute entlassen worden. Aber mein Kreislauf, dem ich die Übelkeit zu verdanken hatte, schwankt nach wie vor, und mit ihm schwanke auch ich. Also wurde über meinen Kopf hinweg beschlossen, daß wir noch bis Montag bleiben, Jonas und ich.

Inzwischen haben wir Gesellschaft bekommen: Mutter Ulla, der es jetzt erst bessergeht, und Tochter Silke, die meinem Sohn an Vollkommenheit in nichts nachsteht. Kaiserschnitt-Kinder, so heißt es ja, sind schöner als andere.

18. Juli, Sonntag

Ulla hat die Nase voll vom Kinderkriegen. Sie ist entschlossen, sich sterilisieren zu lassen. Silke ist ihr zweites, einen dreijährigen Sohn hat sie schon.

»Das reicht mir fürs Leben«, sagte Ulla, »jetzt ist Schluß.« Nach allem, was sie durchgemacht hat, kann ich sie verstehen.

Gestern und heute quoll unser Zimmer über von Blumen, Geschenken und Besuch. Da Ulla fest liegen muß, ich jedoch beweglich bin, wich ich stundenweise aus, deportierte Jonas im Babyzimmer und hielt hof im Garten.

Johanna kam Samstag vormittags mit einer gesteppten Kinderwagendecke im Patchworkmuster und wurde abgelöst von Miriams Mutter, die ein Jäckchen brachte und ein passendes Mützchen mit aufgerolltem Rand, flieder- und mintfarben, selbst gestrickt und ausstellungsreif. Im Hinblick auf Miriam zitierte sie den alten Spruch: »Kleine Kinder, kleine Sorgen, große Kinder, große Sorgen.«

Gegen drei Uhr erfolgte die große Invasion der Familie: alle meine Lieben in Gesellschaft der Mainzer Großeltern, denen Gero unser Schlafzimmer abgetreten hat.

Ein Blick auf unseren Jonas genügte, um die Spannungen der letzten neun Monate aufzulösen. Alle Vorbehalte der Omi gegen Nummer vier sind plötzlich vom Winde verweht. Ich weiß auch, warum.

Mit Jonas ist ein gewisses Gleichgewicht zugunsten der Sonnemanns wiederhergestellt worden.

Laura, Kevin und ich sind blond, hellhäutig und vergleichsweise klein geraten.

Gero, Katrin und Jonas sind auffallend brünett und dürfen als großwüchsig gelten.

Mir soll's recht sein. Ich bin nicht nachtragend. Beide Großeltern überhäuften mich mit Glück- und Segenswünschen und behaupteten, mir gebühre die Tapferkeitsmedaille. Sie deuteten an, für künftige Aufenthalte eine Möglichkeit gefunden zu haben, aber spannend, wie sie es manchmal gern machen, gaben sie keine Einzelheiten preis. Jonas erhielt, ebenso wie seine Geschwister, ein

Sparbuch zur Geburt, und ich ein Paar goldene Ohrringe mit Granaten. Sehr hübsch. Sobald ich wieder wie ein Mensch aussehe und nicht mehr wie eine wandelnde Vogelscheuche – mit anderen Worten: wenn ich beim Frisör gewesen bin –, werde ich sie tragen.

Sonntagmorgens kam Antje. Zu meiner Erleichterung war sie allein. Sie trug ein schwarzes Kostüm, rot abgesetzt, mit Silberkettchen an den Münzknöpfen und passende schwarze Schuhe mit Silberspangen. Ihr Haar war sichtlich aufgehellt und weich gewellt, sie sah beneidenswert frisch und gebräunt aus, wenn auch etwas würdig.

Sie überschüttete mich mit Blumen und Duftwässern, Illustrierten und Pralinen, stieß spitze Bewunderungsschreie aus beim Anblick meines jüngsten Sohnes und entrollte ein winziges Strampelhöschen aus himmelblauem Nicky-Stoff. Alles andere, sagte sie, bekäme er erst zur Taufe.

Ich hüllte mich in meinen frischen weißen Frottierbademantel und wandelte mit ihr zur hinteren Pforte hinaus bis zu meiner Lieblingsbank unter der alten Kastanie.

Es gebe, sagte Antje versonnen, verschiedene Wege, um zu vier Kindern zu kommen. Einen davon habe ich beschritten, den anderen beschreite sie.

Hier konnte ich mich nicht enthalten, ihr das Dritte-Welt-Poster in Erinnerung zu bringen: »small family – happy family.« Aber davon wollte sie nun gar nichts mehr wissen, ganz im Gegenteil. Je größer die Familie, um so besser. »Wann heiratest du?« fragte ich, bevor sie noch länger drumherum reden konnte.

Sie zierte sich noch ein Weilchen, dann kam sie zur Sache. Gottfried ist der Richtige. Alle anderen waren Irrläufer. »Bist du ganz sicher?« fragte ich. Antje nickte heftig.

Sie war gerade zwei Wochen mit Gottfried im Tessin, nur sie und er, ohne ihre und seine Kinder. Es gibt keine Worte für die innere und äußere Übereinstimmung, die zwischen ihnen herrscht. (Vielleicht irre ich mich, aber ich hatte den Eindruck, daß diese wunderbare Harmonie mit der Abwesenheit der vier kleinen Störfaktoren zu tun hat, die bei ihren verschiedenen Großmüttern weilten, aber ich hütete mich, dies laut auszusprechen.)

Sie heiraten im August und ziehen im September in ein Sechszimmerhaus nach Weilerswist.

»Es ist keine noble Adresse«, seufzte Antje, »aber sechs Zimmer sind sechs Zimmer. Mit weniger brauchen wir gar nicht anzufangen.«

Ich ging im Geiste unsere Räumlichkeiten durch, und wenn man das zweigeteilte Wohnzimmer doppelt zählt, haben wir auch sechs Zimmer, zwei davon allerdings nur in Kammergröße.

Ich drückte Antjes Hände und wünschte ihr aus tiefstem Herzen Glück und Erfolg. Ein neuer Mann ist eine größere Herausforderung als einer, mit dem man seit fünfzehn Jahren lebt. Aber zweite Ehen, das hört man oft, werden glücklicher als die zu Bruch gegangenen Erstehen. Gottfried Lichter ist übrigens nicht geschieden, sondern verwitwet. Ich halte ihn für ziemlich dominant, aber Antje scheint das nicht zu stören. Vielleicht hat sie immer jemanden gesucht, der ihr sagt, wo's langgeht.

21. Juli, Mittwoch

Es scheint so, als hätte ich mir für den Anfang zuviel vorgenommen. Der Tag vergeht im Handumdrehen. Wenn ich das Baby gestillt, gewogen, gewickelt, gebadet, wieder gestillt, wieder gewickelt und ein bißchen herumgetragen habe, ist es zehn Uhr abends, und ich kann mich kaum mehr auf den Füßen halten.

Ich sehe nach wie vor aus wie ein Strauchbesen, an ein gemütliches Stündchen im Frisörsalon ist nicht zu denken, und – o Schande – ich passe noch immer nicht in meine Sommergarderobe. Ich fühle mich unnütz, ungepflegt, unansehnlich, breche bei jeder Gelegenheit in Tränen aus und hasse meine Umstandskleider.

25. Juli, Sonntag

Heute ist unser kleiner Schatz zwei Wochen alt. Sein Händchen umklammert meinen Zeigefinger, und ich bilde mir ein, daß er seinen Blick schon fixieren kann. Auf mich natürlich. Nachdem er erst einmal rapide abgenommen hat, gedeiht er nun prächtig. Ich stille ihn auch nachts, hüte ihn wie meinen Augapfel und verprelle damit vor allem Kevin und Cromwell. Auch lege ich keinen gesteigerten Wert auf Besuch, interessiere mich weder für Pater Ansgars Bolivien-Hilfe noch für Miriams Abenteuer mit Manni und unterhalte mich am liebsten mit meinesgleichen, d. h. mit Thea (jetzt im siebten Monat und ziemlich gestreßt), Ulla (kürzlich erst aus dem Krankenhaus entlassen und noch schwächer als ich) und Lidia (bekam vorgestern eine Tochter).

»Warst du mit mir auch so froh wie mit dem da?« fragte mich Kevin heute mittag, als ich Jonas in seinem Korbwagen auf die Terrasse schob.

Sofort versicherte ich Kevin meiner immerwährenden Liebe und Fürsorge, aber er blieb skeptisch, ließ sich nicht knudeln, entwand sich trotzig meinen Armen und zerrte so heftig am Korbwagen, daß ich ihn bremsen mußte.

Kein Zweifel: Er ist zerfressen von Eifersucht.

28. Juli, Mittwoch

Entgegen allen anderslautenden Ratschlägen habe ich einen Entschluß gefaßt, der als weise, wenn nicht gar als salomonisch gelten darf: Nächstes Wochenende fährt Gero mit den Mädchen, die sich bereits weidlich langweilen, an die Nordsee, und Kevin bleibt bei Mami.

»Warum tust du dir das an?« fragte Katrin.

»Weil ich damit Schlimmeres verhüte«, antwortete ich.

»Du bist ja bescheuert«, rief Laura, »obwohl ich froh bin, daß wir ihn nicht am Bändel haben, so motzig wie er ist!«

Kevin selbst sagte nichts dazu. Er war noch nie mit Papi und seinen Schwestern auf Reisen, unter der Nordsee kann er sich nichts vorstellen – und am liebsten ist er zu Hause.

Gero versteht meine Beweggründe, findet meinen Entschluß heroisch und mahnt mich nur, nicht zu übertreiben. Schließlich hat sich Katrin in ihrem jungen Leben bereits mit drei Neuankömmlingen abfinden müssen und Laura mit Zweien, wobei sie beide übereinstimmend erklären, die weitaus schwerste Prüfung sei Kevin gewesen.

Um ihn seien wir seinerzeit herumgetanzt wie um das Goldene Kalb, und zwar alle: Papi, Mami, Opi und Omi.

Wenn er sich jetzt ausnahmsweise etwas abgedrängt fühle, so schade ihm das nicht. Ganz im Gegenteil.

»Er muß endlich auch mal merken, wie das ist«, schloß Laura ihre erbitterten Ausführungen.

Ich ging sofort in mich.

Offenbar hat sie unter Kevin mehr gelitten, als mir je bewußt geworden ist.

Und während ich noch nachgrüble, erkenne ich dankbar und gerührt: Was für ein Ausbund an Ausgeglichenheit und Unkompliziertheit ist doch unsere Katrin!

31. Juli, Samstag

Heute in aller Frühe sind Gero, Katrin und Laura abgefahren. Kevin schlief noch. Als er gegen neun Uhr endlich die Treppe heruntergetappt kam, hatte er ganz vergessen, daß wir ab heute allein sind. Zuerst rieb er sich verwirrt die Augen, dann strahlte er mich erwartungsvoll an und fragte: »Haben sie das Brüderchen auch mitgenommen?«

Dafür, daß ich ihn in diesem Punkt enttäuschen mußte, zog ich alle Register mütterlicher Verwöhnkunst (wenn ich so weitermache, stehe ich Thea bald in nichts mehr nach), spielte das erste Memory bereits beim Frühstück und las anschließend die Sprechblasen aus dem Turtle-Comic-Heft von Seite eins bis Seite fünf vor. (Ein Krampf sondergleichen, in dem es wimmelt von Schrumpf- und Wabbelhirnen, Schrott- und Hohlköpfen sowie Lautmalereien wie Gnnnk, Uuuuh, Gyyuulig, Spliggh, Yee-Uunnk und so weiter.)

Es müßte verboten werden, diesen Schwachsinn zu

verbreiten. Das ist meine feste Überzeugung. Und was tue ich? Bringe ihn Kevin auch noch näher, Schritt für Schritt, Sprechblase für Sprechblase. Mit mir stimmt doch was nicht!

3. August, Dienstag

Gero und die Mädchen sind in Norddeich untergekommen, planen Schiffsausflüge nach Borkum und flitzen auf geliehenen Fahrrädern durch die Gegend.

»Du glaubst ja gar nicht, wie extrem schön das hier ist«, riefen sie abwechselnd ins Telefon.

Doch, ich glaube es. Aber auch hier ist es paradiesisch. Wir stehen, wie der Wettermann sagt, unter Hochdruckeinfluß, das bedeutet, Kevin matscht und knetet und baut den ganzen Tag im Sand, Jonas bewegt seine Ärmchen und Beinchen träumerisch unter dem Moskitonetz, das ich über seinen Wagen spanne, Cromwell liegt im Schatten und hechelt leise vor sich hin, und ich trage ein erbsengrünes Hängerkleid vom Vorjahr, hochsommerlich, luftig, ärmellos.

Morgen gehe ich zum Frisör.

4. August, Mittwoch

Was für ein Tag!

Heute in aller Herrgottsfrühe bekam ich fast einen Nervenzusammenbruch, weil Jonas von einem nicht enden wollenden Schluckauf geschüttelt wurde.

Gleichzeitig erinnerte ich mich an Frau Doktors Lieblingsstory von der jungen Mutter, die sie nachts aus dem Bett holte, nur weil ihr Säugling einen Schluckauf hatte. Damit demonstriert Frau Doktor ihr schweres Leben, und ich weiß noch genau, wie amüsiert ich mich dazu äußerte und wie haushoch ich mich der nächtlichen Anruferin überlegen fühlte.

Hochmut kommt bekanntlich vor dem Fall, aber bevor ich so tief sinken konnte, Frau Doktor zu alarmieren, kam Johanna, nahm mir meinen hilflos schluckenden, jammernden Jüngsten ab, legte ihn sich über die Schulter und goß Fencheltee auf. Ohne sich von mir beirren zu lassen, flößte sie ihm zwei Löffelchen Tee ein und legte ihn in den Korbwagen. Erschöpft, wie er war, fiel er sofort in tiefen Schlaf. Unklar ist, ob der Schluckauf vor oder nach dem Tee aufgehört hat.

Ich ernannte Johanna zur guten Fee des Jahres und nahm meinen Termin beim Frisör nur deshalb wahr, weil sie mich dazu drängte. (In letzter Zeit habe ich kein Durchhaltevermögen. Die Fliege an der Wand hält mich vom einfachsten Vorhaben ab.)

Während ich mein malträtiertes Haar behandeln ließ und unter den sanft massierenden Händen der höchstens achtzehnjährigen Anita wohlig entspannte, bemerkte ich neben mir einen Knaben in Kevins Alter, der auf einem extrahohen Sessel saß, so daß er sich im Spiegel sehen konnte. Anita überließ mich meiner Kurpackung und begann dem Knaben das Strubbelhaar zu schneiden, rasch und spielerisch, mit umwerfendem Erfolg. Ich beschloß, Kevin den gleichen Schnitt verpassen zu lassen, und zwar gleich heute. Bis jetzt haben Katrin und ich ihm gelegentlich die Haare gekürzt, nicht besonders kunstvoll, wie mir bei dieser Gelegenheit klar wurde.

Also eilte ich, kamillengespült und föngewellt, nach Hause, stillte meinen immer noch schläfrigen Jüngsten, überließ ihn Johanna zum Frischmachen und fuhr mit Kevin nach Kyllstein zu Anita.

Sie lud ihn ein, Platz zu nehmen, plauderte lieb mit ihm und schraubte dann den Schemel hoch. Kevin riß Mund und Augen auf, schnappte nach Luft, ruderte mit den Ärmchen, starrte in sein Spiegelbild und brach in Tränen aus.

Ein Lehrmädchen stürzte mit einer Schachtel voll Plastiktierchen herbei, Anita legte ihm ein Handtuch um die Schultern, ich murmelte Beschwörungen.

Kevin beruhigte sich, nahm zögernd eine Giraffe aus der Schachtel, hob den Blick, sah die Schere in Anitas Hand und schrie aus vollem Hals.

Der ganze Salon geriet in Aufruhr. Unter den Hauben kamen umwickelte Köpfe zum Vorschein, Augenbrauen über illustrierten Zeitungen wurden befremdet gerunzelt, die rechts und links neben uns sitzenden Damen hielten sich die Ohren zu. Anita ging tapfer zu Werke, aber nach fünf Minuten, die uns wie eine Ewigkeit dünkten, mußte sie aufgeben, denn Kevin warf den Kopf hin und her wie ein verschrecktes Fohlen, war krebsrot im Gesicht und brüllte sich die Seele aus dem Leib. Offensichtlich stand er Todesängste aus.

Ich hob ihn vom Schemel, zahlte mit fliegenden Händen die Rechnung und schob ihn unsanft hinaus. Als ich die Glastür hinter mir schloß, sah ich, wie sich die Damen erlöst zurücklehnten.

Ich war stinksauer auf Kevin. Nicht nur weil er uns über alle Maßen blamiert hatte, sondern weil er unmöglich aussah. Er hatte eine ganz schiefe Kopfform. Dort, wo Anita angefangen hatte, ihn zu stutzen, war nur ein zartes Vlies übriggeblieben. Auf der anderen Seite, die er ihr so vehement verwehrt hatte, plusterte sich seine blonde Wolle.

Johanna bebte vor Lachen, als sie ihn sah.

Wir setzten uns zum Essen, es gab Apfelpfannkuchen mit Zucker und Zimt. Kevins Tränen versiegten langsam, mein Zorn verflog, und Johanna erbot sich, das Werk zu vollenden. Sie hatte eine gewisse Übung im Haarschneiden, denn der alte Onkel geht aus Prinzip nicht zum Frisör.

Aber Kevin wollte nicht stillhalten. Er wurde wieder knallrot im Gesicht und tat so, als sollte er geschlachtet werden. Übermorgen, meint Johanna, versuche sie es noch mal. Bis dahin sei er über den größten Schrecken hinweg.

7. August, Samstag

Bis gestern sah Kevin wie ein Marsmensch aus.

Ich hatte mich schon mit seinem Anblick abgefunden, als er Johanna plötzlich erlaubte, ihm in aller Ruhe die Haare zu schneiden. Gott sei Dank.

Den ganzen Abend verbrachte ich am Telefon. Zuerst meldeten sich Gero und die Mädchen aus Norddeich, dann die Großeltern aus Mainz und schließlich meine Schwester aus Italien. Vorwurfsvoll, wie immer.

Warum sie von Tante Irmi erfahren mußte, daß wir einen zweiten Sohn bekommen haben.

Warum? Keine Ahnung. Gero hat ihr am elften Juli ein Telegramm geschickt. Ich weiß es, weil die Rechnung dafür zusammen mit der Telefonrechnung eingegangen ist.

Ein Telegramm? Wozu? Hätte Gero denn nicht anrufen können? Mein Gott, ja. Wahrscheinlich hat er es stundenlang versucht, und als er nicht durchkam, hat er eben telegrafiert. Sie habe kein Telegramm erhalten, sagte Carla ärgerlich, Mutti sei völlig aus dem Häuschen gewesen, wir hätten sie nicht so auf die Folter spannen dürfen.

Das ging so eine Weile hin und her, für fünf Mark die Minute, denn um mich ins Unrecht zu setzen, ist meiner Schwester nichts zu viel und nichts zu teuer. Schon als Kind bekam ich immer den Schwarzen Peter zugeschoben, wenn auch nicht von Mutti, so doch von Carla, aber Mutti hat sie nie daran gehindert. Ihre Älteste durfte sich alles erlauben. Vielleicht habe ich meiner Laura, meiner Zweitgeborenen mit ihrem krassen Gerechtigkeitsfimmel all das in die Wiege gelegt, was mir im Umgang mit Carla und Mutti so schmerzlich gefehlt hat.

Immerhin gelang es mir, im Laufe des unerfreulichen Gesprächs den Spieß ausnahmsweise umzudrehen, indem ich mich über mangelnde Anteilnahme beklagte, nicht zu reden von den Glückwünschen aus Italien, die bis zur Stunde auf sich warten ließen. Denn sei es, wie es wolle, nach zwanzig kostspieligen Telefonminuten hatte sich meine Schwester weder nach meinem Befinden erkundigt, noch hatte sie irgendwelche segensreiche Worte für unseren Jonas gefunden.

»Gibt dir das nicht zu denken?« fragte ich maliziös, und erstmals im Leben blieb mir Carla eine Antwort schuldig.

11. August, Mittwoch

Heute wird unsere Katrin dreizehn Jahre alt. Ich habe den ganzen Tag an sie gedacht, ich habe Kevin von ihr erzählt, wie tüchtig sie schon war als kleines Mädchen, wie tapfer sie sich hielt, zu Hause, im Kindergarten, in der Schule. Abends haben wir in Norddeich angerufen und »Happy birthday, liebe Katrin« in den Hörer geträllert, und da bisher nichts vereinbart worden war, stellte ich ihr eine schöne Fete in Aussicht, gleich nach Schulanfang, wenn alle ihre Freundinnen wieder greifbar sind. Aber sie ging gar nicht darauf ein, schwärmte nur von Ausritten auf irgendwelchen Pferden, von einer Schiffstour nach Borkum, die Gero für morgen gebucht hat, und von dem Essen im Hotel, mit dem sie heute abend den Geburtstag krönen.

Ich freue mich so für sie, freue mich, daß sie endlich wieder mal ausgeflogen ist aus dem engen Eifeltal, freue mich, daß sie es genießt. Daß sie ihren Bewegungsdrang ausleben kann, uneingeschränkt. Freue mich, daß sie weder auf Kevin Rücksicht nehmen muß noch auf ihre entnervte Mutter noch auf ihren Babybruder Jonas.

In diesem Sinne äußerte ich mich auch gegenüber Gero, der vorsichtig anfragte, wie ich zurechtkäme und ob sie guten Gewissens noch eine Woche bleiben könnten. Sie hätten noch einiges auf dem Programm.

Einen größeren Gefallen könnten sie mir gar nicht tun, sagte ich, und das ist die reine Wahrheit.

13. August, Freitag

Ich bin im allgemeinen nicht abergläubisch. Trotzdem atme ich auf, daß Freitag der Dreizehnte ohne jeden Zwischenfall vorübergegangen ist.

Nachmittags fuhr ich mit den Kindern zur Mütterberatung ins Dorf, wo ich mich vorsichtshalber nach dem neuesten Stand der Säuglingsnahrung erkundigte. Denn eines weiß ich aus Erfahrung: Sobald die Wogen des Alltags und der Feiertage über mir zusammenschlagen – Schulbeginn, Geros Geburtstag, Jonas' Taufe –, muß ich darauf vorbereitet sein, daß meine Milch versiegt.

Ich traf Lidia und ihr Töchterchen Rosi, beide wohlauf und munter. Sie ziehen im September nach Büsch, wo die Männer der Familie bereits mit der Renovierung des alten Häuschens und der verfallenen Ställe begonnen haben. Sie erzählte mir, daß Birgit einen Sohn namens Erik bekommen habe und daß sie uns alle zur Einweihung ihres Anwesens einladen wolle. Falls ich Thea sähe, solle ich ihr dies schon mal ausrichten. Ich mußte beschämt gestehen, daß ich mich um Thea in letzter Zeit überhaupt nicht gekümmert habe. Ich weiß nicht einmal, ob Tommy die Masern gekriegt hat, deretwegen ich ihn abhängte. Seitdem Kevin schon frühmorgens mit Mami puzzelt und vormittags mit Mami einkaufen fährt und mittags mit Mami Turtle-Hefte studiert und abends mit Mami die Muppet-Show guckt, scheint er keinen einzigen seiner Spielkameraden zu vermissen, am allerwenigsten Tommy. Ralfi und Claudio werden gelegentlich erwähnt, nicht gerade sehnsüchtig, aber sie sind wenigstens ab und zu im Gespräch, während Tommy keines Wortes gewürdigt wird.

So geht das nicht weiter. So darf es nicht weitergehen, sonst gewöhnt sich Kevin den Kindergarten mit allem, was dazugehört, wieder ab, und der ganze Krampf fängt noch einmal von vorne an. Gott soll mich bewahren!

16. August, Montag

Der Tag begann mit einem Anruf von Johanna um halb sieben heute morgen. Ich fiel fast aus dem Bett vor Schreck, denn selbst im Sommer ruft mich normalerweise kein Mensch um diese Zeit an, es sei denn . . .

Und so war es natürlich auch. Der alte Onkel ist diese Nacht ins Krankenhaus gebracht worden, er hat einen Schlaganfall erlitten. Johanna weiß nicht, was aus ihm wird. Er ist siebenundsiebzig, an sich noch kein Alter, wie Johanna es ausdrückt, ihre Mutter hat noch mit neunundsiebzig zehn Stück Vieh allein versorgt. Aber der Onkel, den sie mitgeheiratet hat, als sie nach Büsch zog, war kränklich und verdreht von klein auf, kein Mensch hat damit gerechnet, daß er auch nur fünfzig würde. Und doch ist er siebenundsiebzig geworden. Die Leute sagen, es liegt an der guten Pflege, die er bei ihr hat. Eine Meinung, die Johanna nur verschämt eingesteht und die ich hundertprozentig teile.

Jetzt liegt er also in Kyllstein auf der »Inneren« und wird dort Tag und Nacht von seinen Leuten bewacht. Das ganze Dorf beteiligt sich daran, hauptsächlich die Frauen, aber auch die Männer beziehen Posten. Man glaubt es nicht. Die Leute aus Büsch mißtrauen aus tiefstem Herzen jeder medizinischen und pflegerischen

Maßnahme auf jeder Station in jedem Krankenhaus, ganz besonders dann, wenn der Patient »nicht bei sich« ist.

Johanna fällt natürlich die Hauptlast der Verantwortung zu, das heißt, sie muß von nun an bis zu fünf Stunden am Tag oder in der Nacht auf der »Inneren« verbringen, und damit geraten ihre Arbeitspläne durcheinander.

Was uns betrifft, so kann ich sie fürs erste beruhigen. Meine Lieben kommen erst am Donnerstag, genau einen Tag vor Schulbeginn. Die Wäscheberge und andere Aufräumarbeiten können durchaus warten bis Freitag oder Samstag. Johanna entschließt sich für Freitag, ausnahmsweise nachmittags. Ich bin froh, daß sie uns überhaupt einplanen kann in dieser Streßsituation, und da ich weiß, daß dies von mir erwartet wird, melde ich meinen Krankenhausbesuch beim Onkel für morgen am späten Vormittag an.

Da ich schon so früh auf den Beinen war, hatte ich gegen elf mein gesamtes Vormittagspensum bereits erledigt und rief Thea Albers an. Gute Seele, die sie ist, klang sie kein bißchen verstimmt ob meines langen Schweigens. Sie war mit Mann und Tommy eine Woche bei den Schwiegereltern in Eltville, ist erst seit Freitag wieder zurück und fühlt sich wie eine Tonne.

Tommy hatte keine Masern, dafür aber eine Sonnenallergie, die teuflisch juckte und mit Spritzen behandelt werden mußte. Auf die Neuigkeit, daß er demnächst ein Schwersterchen (steht bereits fest!) bekommt, hat er zunächst ganz positiv reagiert, allerdings nur so lange, bis ihn die Großeltern in Eltville darauf ansprachen, und dies jeden Tag, mit wachsendem Entzücken.

»Seitdem habe ich es viel schwerer mit ihm«, klagte Thea. Sie wollte wissen, wann ich Kevin wieder in den

Kindergarten schicke, und ich sagte zum Schulanfang am Freitag (gibt es einen ungeschickteren Tag dafür?), und wir verabredeten, daß ich sie und Tommy abhole und wir alle zusammen hinfahren und ich sie gleich mitnehme und nach Hause fahre. Keine fünf Minuten wird sie Tommy diesmal Gesellschaft leisten. Ich sicherte ihr meine moralische Unterstützung zu und meine tatkräftige Hilfe.

Arme Thea! Sie kann sich kaum mehr rühren und hat noch einen ganzen Monat vor sich!

20. August, Freitag

Wäre heute der Dreizehnte gewesen, es hätte mich nicht gewundert . . .

Es gibt keine Worte für die Blamage, die mir mein Sohn Kevin bereitet hat.

Mit störrisch gesenktem Kopf galoppierte er vom offenen Eingang des Kindergartens quer durch den Hof, warf sich mit voller Wucht gegen mich, gegen die Wagentür, an der ich lehnte, und um ein Haar auch gegen Thea, die ängstlich zur Seite auswich, und das mit Recht, denn sie ist nicht besonders standhaft in diesen Tagen. Mein Sohn, der Rüpel, hätte sie leicht zu Fall bringen können.

Das war's, was mich fertigmachte: diese Blindwütigkeit, diese Rücksichtslosigkeit, mit der er sich seinen Weg zurück bahnte, zurück ins Auto, um sich an den Polstern festzukrallen und Unflätigkeiten zu brüllen, von denen ich nicht einmal ahnte, daß er sie kennt.

Vor meinen Augen wallten rote Schleier. Ich kann nicht klar denken in solchen Momenten.

»Laß ihn«, sagte Thea, als ich hinter ihm herkroch, um ihn herauszuzerren und so zu vermöbeln wie noch nie in seinem viereinhalbjährigen Leben.

»Halt dich zurück«, sagte Thea, »es ist vollkommen zwecklos, auf Wut mit Wut zu reagieren. Glaub es mir!«

Sie muß es wissen, dachte ich, sie ist die Expertin. Also ließ ich meinen verstockten Sohn, wo er war, auf dem Boden zwischen Rücksitz und Vorderlehne, setzte mich ans Steuer, Thea neben mich, und fuhr los.

Tommy dagegen hatte uns angenehm überrascht. Er war mit Tanja und Nadine hineingestürmt, ohne sich auch nur einmal umzusehen. Offenbar war er von Thea an diesem Morgen gut und glaubwürdig darauf vorbereitet worden, daß sie unter keinen Umständen bleiben werde. Im Gegensatz zu mir, die ich gestern den ganzen Tag mit meinen Nordsee-Heimkehrern zu tun hatte, und heute morgen von Lauras erster Fahrt im Schulbus und ihrem ersten Tag im Gymnasium viel erfüllter gewesen bin als von Kevins Auftritt im Kindergarten.

Kaum hatte ich Thea abgesetzt, schnauzte ich ihn an. Was ihm eingefallen sei, sich dermaßen danebenzubenehmen.

Er wolle, antwortete Kevin dumpf aus dem Untergrund, nicht mehr in den Kindergarten gehen, sondern zu Hause bleiben, so wie Jonas.

Das war das Stichwort, sein Stichwort, und ich machte es sofort zu meinem.

»So wie Jonas. Gut. Das kannst du haben. Jonas liegt den ganzen Tag in seinem Korb. Er puzzelt nicht. Er spielt nicht. Er kriegt nichts vorgelesen. Er sieht nicht fern. Das willst du? Großartig. Das sollst du haben.«

Ich hörte Kevin lachen, unsicher, verhalten.

»Dafür hast du diesen Aufstand gemacht?« fuhr ich zähneknirschend fort. »Dafür, daß du den ganzen Tag im Bett liegen darfst? Na schön, von mir aus, wenn du es unbedingt so willst: in Ordnung. Abgemacht. Aber eines sage ich dir, Freundchen: Du willst es so wie Jonas haben, und genau das kriegst du. Nichts anderes. Nur das.«

Er muß wohl gemerkt haben, daß es mir bitter ernst war. Zu Hause marschierte er ohne Kommando die Treppe hinauf und warf sich in sein ungemachtes Bett, während ich seinen Bruder aufnahm, stillte, windelte, badete.

»Los, ins Bad mit dir«, rief ich, als ich mit Jonas fertig war, »in die Wanne. Abseifen, Haare waschen, o ja. So und nicht anders hast du es gewollt!«

»Hör auf, ihn zu triezen«, rief Katrin, die schon um halb elf wieder zu Hause war, »nur weil er mal einen Tag nicht in den Kindergarten gehen wollte! Was ist denn mit dir los, Mami?«

Ich konnte ihr nicht erklären, warum ich so erbittert war. Alles, was ich sagen konnte, war, daß ich nicht auf mir herumtrampeln lasse, von niemandem, auch nicht von Kevin, mag er nun viereinhalb sein oder vierzehneinhalb.

Wehret den Anfängen! heißt ein alter Spruch.

Um zwölf kam Laura vom Bus, aufgedreht wie ein Brummkreisel, wichtigtuerisch, Zettel schwenkend, Aufmerksamkeit heischend.

Auf alles, was sie vortrug, reagierte ihre Schwester Katrin mit müdem Lächeln oder angewidertem Abwinken, was Laura zu noch schrillerer Berichterstattung anspornte.

Ich konnte sie verstehen.

Eine, die alles weiß und jeden kennt und sich ihr Urteil längst gebildet hat, ob über die Klassenlehrerin, Frau May, oder den Hausmeister, Herrn Ludwig, muß man einfach übertönen.

Um halb zwei kam Johanna, nahm sich der herrschenden Unordnung an und erzählte, der alte Onkel sei gestern morgen zwischen vier und fünf Uhr aus dem Bett gefallen und habe sich ein Loch in den Kopf geschlagen. Eine Stunde nur haben sie ihn allein gelassen, Schichtwechsel gemacht.

Sie selbst ging um vier, um fünf kam ihr Sohn, da war es passiert.

»Ich will den Mädchen nichts anhängen«, sagte Johanna düster, »aber eines steht fest: jedesmal, wenn sie an ihm geschafft haben, vergessen sie, das Gitter wieder hochzuklappen. Bis jetzt«, fügt sie grimmig hinzu, »haben sie uns immer scheel angeguckt, wenn wir auch nachts dasaßen. Wie es heißt, ist das gegen die Vorschrift. Schickt mir den, der die Vorschrift gemacht hat, ihr Mädchen, hab' ich gesagt, dem werd' ich was erzählen! Dem zeig' ich den Kopf von unserem Onkel, und dann wollen wir mal sehen, was hier Vorschrift ist!«

Wir alle bewundern Johanna und stehen geschlossen hinter ihr. Seit der Onkel im Krankenhaus ist, hat sie schon zwei Pullover fertig gestrickt mit Norwegermuster in drei Farben, denn wie sie sehr richtig zu bedenken gibt: Was sonst soll sie da machen, auf dem Stuhl neben dem Bett? Sie sind schon eine Sorte für sich, die Leute aus Büsch und den andern Eifeldörfern.

23. August, Montag

Mein Sohn Kevin verlor kein Wort mehr über die Privilegien, die sein Bruder Jonas genießt. Die Frage, ob er heute in den Kindergarten geht oder lieber zu Hause bleibt, wurde mit keiner Silbe erörtert. Widerspruchslos verließ er das Auto, stürzte sich in ein Getümmel, das vor dem Eingang herrschte wegen eines Schuhs, den jemand gefunden hatte, und entschwand meinen Blicken. Gott sei Dank.

Nachmittags besuchte ich den Onkel im Krankenhaus. Er liegt mit zwei anderen zusammen, die fast genauso schlecht dran sind wie er. An den Wänden entlang sitzen Frauen und stricken, lösen Kreuzworträtsel, machen Handreichungen, unterhalten sich halblaut. Offenbar werden alle drei Patienten rund um die Uhr bewacht.

Der Onkel erkannte mich nicht, und fast hätte ich ihn auch nicht erkannt. Denn abgesehen von der Gesichtslähmung, die mich schon letztes Mal schockiert hat, trägt er jetzt einen Verband um den ganzen Kopf. Ich stellte nur eine kleine rosa Azalee auf den Nachttisch und blieb nicht lange.

Da Johanna ohne Auto war, versprach ich, sie um fünf Uhr, wenn sie abgelöst wurde, mit nach Hause zu nehmen und inzwischen ein paar Besorgungen in Kyllstein zu machen.

Das tat ich auch, und dabei passierte mir etwas Sonderbares. Auf dem Parkplatz in der Nähe der Brücke, wo ich immer den Wagen abstellte, wird ein Haus gebaut, mit drei Stockwerken und spitzgiebeligen Fenstern, wie sie neuerdings überall zu sehen sind.

Ich ärgerte mich, daß ich woanders parken mußte, und

als ich dann zu Fuß wieder vorbeikam, blieb ich stehen und las das Schild: Hier entstehen sechs Eigentumswohnungen.

Einer der Bauarbeiter grinste mich an und sagte: »Dauert nicht mehr lange, und Sie können einziehen.«

Ich lachte ihn aus und wollte weitergehen, als er mir nachrief: »Sie sind doch die Frau Sonnemann, oder?« Richtig. Das läßt sich nicht leugnen. »Dann haben Sie doch die Wohnung im ersten Stock links gekauft!«

Das sei mir neu, versicherte ich ihm, bis jetzt hätte ich nicht einmal gewußt, daß hier gebaut wird. Er schüttelte den Kopf, murmelte »Komisch!« und ging wieder an seine Arbeit.

Ich erzählte es Johanna, als wir nach Büsch fuhren, und sie wunderte sich auch, denn Sonnemann heißen im weiten Umkreis nur wir. Aber heutzutage, meinte sie, ziehen ja viele Fremde hierher, und so kamen wir auf Lidia und ihre Familie zu sprechen, die in Johannas Nachbarschaft das alte Haus übernommen haben und sich durch etwas auszeichnen, das bei den Eingeborenen in höchstem Kurs steht: Fleiß.

Die Kinder haben noch immer keine festen Stundenpläne. Ich möchte mal wissen, was die Lehrer mit ihrer massenhaften Freizeit eigentlich anfangen.

26. August, Donnerstag

Gestern bekam der Onkel den zweiten Schlaganfall, heute ist er gestorben. Johanna kam auf zehn Minuten vorbei, um es uns zu sagen und sich für acht Tage abzumelden.

Die Beerdigung ist am Montag. Wir sind alle zum Kaffee geladen.

Kevin, der draußen mit seinem Bagger Sand herankarrte, begriff zuerst überhaupt nichts, außer daß wir am Montag nach Büsch fahren. Freudig bewegt hüpfte er von einem nackten Fuß auf den andern und überlegte, was er dem Onkel mitnehmen könnte. Johanna und ich sahen uns betreten an. Kevin mit dem Tod vertraut zu machen war keine leichte Aufgabe, zumal im Falle des Onkels, der ihm lieb war wie kaum jemand sonst, der ihn Erwin nannte, weil er sich den ungewohnten Namen nicht einprägen konnte, zwischen dessen Knien er sich sicher und geborgen fühlte.

Wir bemühten uns um eine behutsame, tröstliche Erklärung. Kevin starrte uns mißtrauisch an, kickte den Bagger von der Terrasse und brach in Tränen aus.

Der Onkel, sagte Johanna, sei jetzt gut versorgt. Ihm fehle nichts mehr.

Ich fand diese Formulierung so schön, daß ich sie übernahm und an die Mädchen weitergab, die kurz danach heimkamen. Sie sind natürlich weit weniger aufgewühlt als Kevin, aber auch für sie ist es der erste Todesfall im näheren Umfeld, und sie können sich nicht vorstellen, daß der Onkel nicht mehr neben dem Herd oder auf der Bank im Hof sitzen wird. Gero ist genau wie ich der Meinung, daß wir einen Kranz mit Schleife bestellen sollten, um unsere Verbundenheit zu demonstrieren, vor allem natürlich mit Johanna. Ich überlege jetzt schon, wie ich das mit Jonas mache, wenn ich sowohl zur Beerdigung gehe wie auch zum Kaffee, denn beides wird von mir erwartet.

1. September, Mittwoch

Wenn ich eines hasse, dann sind es Überraschungen. Man sollte annehmen, daß Gero Sonnemann, mit dem ich seit fünfzehn Jahren verheiratet bin, mich gut genug kennt, um das zu wissen. Aber nein, er kann gar nicht verstehen, warum ich so wütend bin.

Rein zufällig am Montag, nachdem er mich bei der Beerdigung vertreten hatte und wir uns am Kaffeetisch bei Johanna trafen, kam die Rede auf die Eigentumswohnungen in Kyllstein, die am ersten März nächsten Jahres bezugsfertig sein sollen, und dabei erfuhr ich – ganz nebenbei –, daß meine Schwiegereltern sich dort angekauft haben.

Ich dachte, ich falle vom Stuhl.

Um vor der versammelten Beerdigungsgesellschaft keinen Ehekrach zu inszenieren, stand ich auf, ging raus in den Garten und zählte bis hundert, ohne mich jedoch beruhigen zu können. Johanna kam mir nach, verstand als einzige, wie mir zumute war, redete mir gut zu und sagte, ihr sei es ein Leben lang nicht anders gegangen. Bei der Flurbereinigung wären zwei ihrer Äcker an die Gemeinde verkauft worden, ohne daß sie auch nur den Schimmer einer Ahnung davon gehabt hätte. Erst als das Geld auf dem Konto war, wurde sie eingeweiht, mit der Begründung, die Männer der Familie hätten der Transaktion nicht getraut und ihr keine falschen Hoffnungen machen wollen.

O Gott! Was wird man mir erzählen? fragte ich mich.

Und siehe da: Es war ganz einfach, einleuchtend für jeden, außer für mich, die ich engstirnig, verbohrt, übelnehmerisch und biestig bin.

Die Großeltern mußten sich ja schließlich etwas einfallen lassen, nicht wahr, weil ihnen das Gästezimmer in unserem Haus nicht mehr zur Verfügung steht. Auch werden sie älter und klappriger, und wir sind ihre einzigen nahen Angehörigen. Also dachten sie darüber nach, was zu tun sei.

Der Opa hatte eigentlich vorgehabt, nach Kaltenborn zu ziehen, aber die Oma, ein Leben lang an städtische Umgebung gewöhnt, war – wenn überhaupt – nur von Kyllstein zu überzeugen gewesen. Die Verhandlungen liefen, als ich mit Jonas niederkam, irgendwann im August wurden sie abgeschlossen. Gero fuhr gleich danach mit den Mädchen an die Nordsee, ich war im totalen Streß nach seiner Rückkehr, und überhaupt sollte das Ganze erst am 14. September enthüllt werden, seinem Geburtstag, als Überraschungseffekt, als Gag des Tages, und wenn es je einen Spielverderber gegeben hat, dann ist das nicht der Mann vom Bau, der mich neulich angesprochen hat, ein Kumpel von Johannas Ältestem und daher auch beim Beerdigungskaffee anwesend. Nein, der eigentliche Spielverderber bin ich.

Ist es zu fassen? Ich werde übergangen, umgangen, hintergangen, und statt jubelnd in die Hände zu klatschen und mich zu bedanken, spucke ich Gift und Galle. Was bin ich doch für ein niederes Wesen! Pfui über mich und meine gemeine Gesinnung!

Samstag, 4. September

Was habe ich gesagt? Daß mir die Milch versiegen wird, sobald mich der Alltag mit seinen Querelen und Mießigkeiten wiederhat.

Gestern war es soweit. Ein Glück nur, daß ich vorgesorgt hatte und mein armer kleiner Jonas keine Mahlzeit versäumen mußte. Er zeigte sich zwar nicht begeistert von Schnuller und Flasche, aber nach ein paar hektischen Versuchen begann er zuerst unwillig, dann stetig zu nukkeln.

Was die Eigentumswohnung in Kyllstein angeht, so habe ich die Streitaxt begraben, zähneknirschend, und nur, weil ich von ewigem Schmollen und Grollen nichts halte.

Sauer bin ich immer noch.

Eigentlich wollten wir Jonas' Taufe noch vor Geros Zweiundvierzigstem feiern, aber irgendwie ist mir die Lust vergangen. Aufgeschoben ist nicht aufgehoben. Dabei fiel mir Katrins nachträgliche Geburtstagsfete ein, und obwohl es mir natürlich gut in den Kram paßt, daß sie keine will, mache ich mir doch Gedanken darüber.

Es ist das erste Mal, daß sie auf jede Einladung verzichtet. Vielleicht hängt es mit Miriam und den anderen alten Freundinnen zusammen, die nicht mehr in Erscheinung treten. Oder werden ab dem zwölften Lebensjahr keine Geburtstage mehr gefeiert? Treten wir in eine neue Phase ein? Ich wünschte, ich wüßte es.

Wenigstens scheint Latein kein Stolperstein auf dem Weg unserer Ältesten zu sein. Im Gegensatz zu ihren schwachen Englisch-Anfängen schrieb sie den ersten kleinen Vokabeltest fehlerlos, eine glatte Eins.

7. September, Dienstag

Dieses Jahr mache ich nicht viel Federlesens mit Geros Geburtstag. Er kriegt die Uhr, die er sich gewünscht hat – bruchsicher, stoßfest, wasserdicht – und eine Party am Vierzehnten danach, und keine Feierlichkeiten in Haus und Garten, die sich über drei Tage hinziehen.

Die erste, die ich damit herb enttäuschte, war Antje. Nachdem sie sich fast zwei Monate lang in Schweigen gehüllt hatte, rief sie vorhin an, um zu fragen, ob sie für den neunzehnten oder den zwanzigsten eingeladen seien. Ich stellte mich dumm und fragte zurück: »Warum?«

Sie säuselte wörtlich: »Soviel ich weiß, feiert dein Göttergatte sein diesjähriges Wiegenfest!«

Ich hielt nicht zurück mit meiner Verwunderung über ihre Ausdrucksweise und wies darauf hin, daß Geros Geburtstag auf den Dienstag falle und auch am Dienstag gefeiert würde. Beginn: sechs Uhr. Bier vom Faß, Würstchen vom Grill, Folienkartoffeln, Salate. Das Wochenende, fügte ich deutlich hinzu, wolle ich mir gern freihalten.

Antje gab einen Laut der Enttäuschung von sich, den ich mit der tückischen Frage unterbrach, ob sie inzwischen den mir flüchtig bekannten Gottfried Lichter geheiratet habe.

Ja, doch, am siebten August, kleine Feier im engsten Kreis, nur ein paar Kollegen aus der Brauerei, die beiderseitigen Mütter und Kinder, sonst niemand.

»Genau so was strebe ich für alle künftigen Feten ebenfalls an«, seufzte ich anerkennend, und da sie eine lange Leitung hat, begriff sie erst ein paar Sätze später, was damit gemeint war. Sie stutzte und konterte mit der Frage nach Jonas' Taufe, und ich nahm ihr den Wind aus den Segeln, indem ich sagte, die hätten wir fürs erste verschoben. Im Moment sei mir einfach alles zuviel.

Später sprach ich mit Gero darüber, der mit halbem Ohr zugehört hatte. Warum ich so ablehnend reagiert hätte, wollte er wissen, schließlich sei Antje meine älteste Freundin, und mit oder ohne Einladung, zu seinem Geburtstag sei sie doch immer aufgekreuzt.

Das ist wahr, und wahr ist auch, daß es mir am Dienstagabend auf sechs Personen mehr oder weniger nicht ankommen soll. Am Wochenende jedoch kommt es mir sehr wohl darauf an, denn dann sind die Großeltern hier, wir wollen das bisher ausgesparte Thema Wohnung in allen Einzelheiten erörtern, Pläne studieren, nach Kyllstein fahren, die Kücheneinrichtung planen und so weiter.

Gero, dem absolut nichts daran lag, dieses heiße Eisen länger als nötig zu berühren, gab mir hastig in allem recht und versicherte, der Vierzehnte als Feier-Tag reiche auch ihm durchaus. Auf eine neuerliche Gästerunde am Wochenende lege er überhaupt keinen Wert, auf eine Einladung nach Weilerswist zu Antje und Co. noch weniger, aber es sei eine nicht zu leugnende Tatsache, daß wir weder zu Lothars Zeiten noch zu Karl-Heinz' Zeiten noch sonst irgendwann zu irgend etwas gebeten worden wären. Bei der Hochzeit am 7. August habe Antje die Tradition, uns auszuklammern, lediglich fortgesetzt.

Na also! Zum ersten Mal seit einer Woche bin ich wieder zufrieden mit Gero.

10. September, Freitag

Thea ist erlöst. Ihre Tochter Monica wurde heute morgen um zehn Uhr ohne Komplikationen geboren. Ein Pfundsmädel im wahrsten Sinne des Wortes, schwerer als Tommy war, schwerer als Kevin, schwerer als alle meine Kinder: knapp neun Pfund. Ich bin sofort mit dem rosaroten Samtjäckchen hingebraust, sie hatte mich gegen zwölf Uhr aus dem Krankenhaus angerufen, high und happy, wie man in den ersten Stunden nach der Entbindung noch ist, ich hab' die Prinzessin hinter der Glasscheibe bewundert und mit Thea ein Fläschchen Malzbier geleert, auf ihre Gesundheit und die des Babys. Ich habe ihr alles Liebe und Gute gewünscht, Standhaftigkeit, Dickfelligkeit und Nerven aus Stahldraht.

Sie sieht umwerfend aus, ganz anders als ich damals im Juli, viel frischer, rosiger, gepflegter.

Auch haben sie eine sehr gute Lösung für die problematische nächste Zeit getroffen. Sobald Thea mit dem Baby nach Hause kommt, fährt Tommy mit Papi und Opa an die Ostsee. Oma ist nur für ein paar Tage abkömmlich. Um so besser. Allein, meint Thea, käme sie am besten zurecht, und darin kann ich ihr nur zustimmen. Schließlich bin ich auch noch da. Wenn sie irgend etwas braucht: Anruf genügt.

Im Vergleich zu einem Neugeborenen, selbst einem solchen Prachtexemplar wie Monica Albers, sieht unser Jonas mit seinen knapp zwei Monaten ungemein wohlgeformt, wach und beweglich aus. Er lächelt, sobald er die Augen aufschlägt. Überhaupt ist sein Gesichtchen sehr ausdrucksstark. Das findet sogar Pater Ansgar, der, wie ich zugeben muß, wenig Ahnung von Säuglingen hat. Trotzdem.

15. September, Mittwoch

Ich muß schon sagen: es war ein Glück, daß ich Wibke Solms nicht früher begegnet bin, im Juni beispielsweise, als ich zentnerschwer war, mit auswärts gestellten Füßen im Schneckentempo einherwatschelte, und meine Garderobe sich auf zwei knitterfeste Plisseekleider beschränkte.

Damals hätte ich den Anblick ihrer Nivea-Seifen-Schönheit – blitzblanke Blauaugen, nesselblonde Hängehaare, naturbelassen, Pfirsichteint, eine Taille wie Scarlett in »Vom Winde verweht«, und damit nicht genug: ein Kleid im Matrosen-Look, marine-weiß, kniekurz, mit wippendem Kragen auf dem Rücken –, nein, ich hätte ihn nicht ertragen, diesen Anblick. Entweder wäre ich in Tränen ausgebrochen, oder ich hätte die Grillgabel nach ihr geworfen. Vermutlich eher letzteres.

Wenn ich sie gestern abend mit reinem Wohlwollen behandelte, so nicht etwa deshalb, weil ich mich in meinem Seidenfummel – immer noch fließend, was die Form betrifft – so konkurrenzlos attraktiv gefühlt hätte, sondern weil sie mit fester Hand einen hageren, widerstrebenden Typ hinter sich herzog, um ihn mir als ihren Verlobten vorzustellen, Herrn Doktor Alex Grottenvogel. Er hat erst kürzlich als Chemiker promoviert und ist – dachte ich's doch! – ein Neffe des Firmenhäuptlings. Auf diese Weise ist die schöne Wibke aus Schleswig nach Kaltenborn in die Eifel gekommen.

Zwischen Lauchsalat und geschmorten Paprikaschoten – sie ist Vegetarierin – erfuhr ich, daß sie an Weihnachten heiraten, daß er nur ein Jahr im Kohlensäurewerk praktizieren wird, und sie auch, daß er in Leverku-

sen bereits eine Anstellung in Aussicht hat und daß sie ihren Namen behalten wird. Dergleichen tun heute viele Frauen.

»Sagen Sie selbst«, schloß Wibke Solms ihre Ausführungen, »würden Sie vielleicht Grottenvogel heißen wollen?«

Ich ließ mich nicht hereinlegen. Wenn sie glaube, daß Solms besser zu ihr passe, sagte ich arglos, dann solle sie sich doch ruhig weiter so nennen und froh sein, daß kein Gesetz es ihr verbiete. Meine Mutter, bemerkte ich achselzuckend, war eine geborene von Walther, und sie hätte viel darum gegeben, das bleiben zu dürfen, statt eine simple Frau Kretschmar zu werden. Aber damals, Ende der vierziger Jahre, nahm man bei der Eheschließung automatisch den Namen des Mannes an, und kein Weg führte daran vorbei.

Nun, meinte Wibke Solms mit feinem Lächeln, in diesem Fall hätte ich gut daran getan, nach alter Väter Sitte zu verfahren, denn Sonnemann klinge doch bedeutend hübscher als Ketschmar. Ich lächelte noch feiner und fand, das sei Geschmackssache.

Im übrigen war es ein gelungener Abend, soweit man das als Gastgeberin beurteilen kann. Ich war schon froh, daß uns das Wetter keinen Strich durch die Rechnung machte, daß die rund zwanzig Leutchen locker Platz fanden, daß Oma und Opa sich nicht überflüssig fühlten, daß mein kleiner Jonas sich nicht stören ließ durch die allenthalben montierten Lautsprecherboxen und daß die letzten gegen halb eins gingen.

»Na, Alter«, sagte ich zu Gero, als wir die Lichter löschten, »wie fühlt man sich mit zweiundvierzig?«

»Wart's ab«, grinste er, »bald weißt du es genau.«

19. September, Sonntag

Den ganzen Nachmittag gestern sind wir auf dem Bau in Kyllstein herumgekraxelt, eine provisorische Treppe ohne Geländer hinauf und wieder herunter, und die ganze Zeit bebte ich vor Angst wegen Kevin, der herumflatterte wie ein Huhn und keine Hand geben wollte und um ein Haar denn auch abgestürzt wäre aus dem offenen ersten Stock, und ich schwor ihm und mir und allen Anwesenden, daß wir ihn nicht mehr mitnehmen in die Brückenstraße, bis das Haus fix und fertig ist.

Die Oma kann gar nicht verstehen, warum sie erst im März einziehen können, wo doch alle Wände stehen und alle Zwischenböden liegen und es schließlich erst September ist.

Der Innenausbau, wurde sie belehrt, dauert im allgemeinen noch länger als der Rohbau, kann jedoch großenteils auch im Winter gemacht werden. Jetzt geht es darum, die Fliesen fürs Bad und die Bodenbeläge und die Türen und die Kücheneinrichtung auszusuchen, damit alles nach Wunsch angebracht werden kann.

»Am besten, ihr sucht das mit uns aus«, meinte die Oma, »ihr erbt die Wohnung ja doch später, dann ist sie wenigstens nach eurem Geschmack.«

Der Opa nickte beifällig. Gero fand die Idee vernünftig. Nur ich war wieder mal der Spielverderber.

Wenn man sich in ein solches Unternehmen stürzt, egal, wie alt man ist, dann soll man das nicht halbherzig tun, nicht den Erben zuliebe, sondern aus eigenem Antrieb. Man soll eigene Träume verwirklichen, eigene Vorstellungen ausleben und nur da, wo es nicht drauf ankommt, den Rat anderer einholen.

»Ist das wirklich deine Meinung?« fragte die Oma befremdet. Ich sagte ja, hundertprozentig.

Auf der Rückfahrt nach Kaltenborn verhielt sie sich auffallend still. Gero warf mir bedeutsame, vorwurfsvolle Blicke zu. Der Opa bemühte sich um vermittelnde Bemerkungen. Kevin motzte. Jonas quengelte in seiner Tragetasche. Die Mädchen fuhren auf den Rädern vor uns her.

Abends nach dem Essen verlangte die Oma die Versandhauskataloge zu sehen. Laura schleppte sie eifrig herbei.

»Suchst du was Bestimmtes, Oma?«

»Nein, nein, ich will mir nur mal ein Bild machen.«

Aha. Wenn das kein Anfang ist!

Wir schlafen übrigens im Wohnzimmer, Gero und ich, er auf dem langen Sofa, ich auf dem Klappbett. Im Landhaus war nur bis Freitag ein Doppelzimmer frei, übers Wochenende tagt eine lange vorher angemeldete Wandergruppe.

Die Eifel ist »in«. Die Großeltern logieren in unserem Schlafzimmer. Für Weihnachten haben sie vorsichtshalber schon jetzt gebucht.

Von Tante Irmi kam eine Geburtstagskarte an Gero, worin sie sich dafür entschuldigt, daß sie die Geschenke meiner Schwester und meiner Mutter noch nicht abgeliefert hat. Sie ist seit ein paar Wochen aus der Toskana nach Hamburg zurückgekehrt, voll tiefer Eindrücke, wie sie schreibt, und voller Pläne. Näheres bei ihrem baldigen Besuch.

»Hoffentlich meldet sie sich vorher an«, seufzte – nein, nicht ich – mein Gatte.

Die Oma blickte kaum von den Einbauküchen auf.

Ausnahmsweise interessierten sie die Ausführungen ihrer Schwester nicht im mindesten.

Später, als wir das Bettzeug auf unseren Liegestätten verteilten, meldete Gero noch einmal leise Kritik an meinem Verhalten an. Sinngemäß ging es darum, daß ich den Großeltern doch nicht die Freude nehmen soll. Sie geben nun einmal gerne, sie haben doch nur uns, sie denken eben weiter, sie meinen es doch nur gut, und überhaupt ist diese Generation noch so erzogen worden, bleibende Werte zu erwerben.

Gut und schön. Aber mich beschleicht zuweilen das Gefühl, für alles und jedes, das sich die Oma anschafft, als Alibi zu dienen. Der neue Pelzmantel voriges Jahr zu Weihnachten – ein schönes Stück, ein teures Stück –, wem ist er eigentlich und letztes Endes zugedacht? Mir. Nach ihrem Tod.

Ich trage zwar keine Pelzmäntel, ich gehöre zu den Gegnern der pelzverarbeitenden Industrie, ich trage meine Überzeugung nicht auf dem Tablett vor mir her, bringe sie jedoch gelegentlich unmißverständlich zur Sprache, aber das tut nichts zur Sache. Ich werde einen Ottermantel erben, unwiderruflich, er wurde extra für diesen Zweck erworben, denn ohne die Weiterverwendungsmöglichkeit, nur für die Oma in ihren alten und kalten Tagen, hätte sich die Anschaffung nicht gelohnt.

So ist es mit dem chinesischen Teeservice, so ist es mit der Tischdecke aus Madeiraspitze, und wenn ich länger nachdenke, fällt mir noch etliches mehr ein.

Ich will ihr nicht die Freude nehmen, sage ich zu Gero, im Gegenteil, ich will, daß sie selbst sich eine gönnt, ganz bewußt, ohne Abstriche. Wenn sie beispielsweise – und darauf möchte ich wetten – eine Einbauküche in Eiche

Rustikal den Vorzug gibt, dann soll sie das ohne Wenn und Aber tun, ohne Seitenblick auf mich, die ich bekannterweise für Kiefer Natur schwärme.

Gero weicht vom Thema ab. Ob wir auch so werden, wenn wir alt sind? fragte er sich und mich. Ob wir nur noch im Hinblick auf die Kinder und die Enkel leben und uns nur noch Dinge kaufen, die wir über den Tod hinaus für sinnvoll halten?

Ich glaube das schon deswegen nicht, weil wir vier Kinder haben, nicht nur eines, so daß vom Erben gar nicht erst groß die Rede sein kann. Auch sind wir daran gewöhnt, zu unseren Wünschen zu stehen, sie nicht nur im geheimen zu hegen und auf andere zu projizieren. Dabei fällt mir ein: Ich hätte gern eine Daunenjacke für den Winter, allein für mich, und ich habe dabei niemanden im Hinterkopf, der sie auftragen soll, falls mir ein Ziegelstein auf den Kopf fällt.

24. September, Freitag

Katrin hat die zweite Lateinarbeit ›gut plus‹ geschrieben, Laura einen Aufsatz mit ›gut‹ und einen Rechentest mit ›befriedigend‹. Was ist los? Sollten wir erstmals eine schulproblemlose Zeit erleben? Dazu paradiesische Ruhe an der Kindergartenfront und ein Säugling, der nachts durchschläft – ich weiß gar nicht, wie mir ist!

Sich vorzustellen, daß es Leute gibt, die immer so unbeschwert leben und gar nicht begreifen, wovon ich rede . . . aber die meisten Leute, mit denen ich umgehe, begreifen es sehr wohl, und manche von ihnen, Lidia zum Beispiel, hat viel mehr am Hals als ich und macht überhaupt nichts draus. Johanna, die endlich wieder regelmäßig kommt, gesteht mir in Nebensätzen ein, daß sie es jetzt, wo der Onkel »gut versorgt ist«, wesentlich leichter hat als je zuvor.

Er galt zwar nicht als echter Pflegefall, aber so, wie er eben war, ist er immer gewesen: in hohem Maß hilfsbedürftig. Man konnte ihn kaum irgendwohin mitnehmen oder längere Zeit allein lassen, auch war er sehr heikel im Umgang mit anderen. Ihre jährliche Wallfahrt nach Lourdes mußte Johanna sorgfältig abstimmen mit den beiden alten Tanten, die der Onkel um sich duldete, und öfter als einmal ist das Unternehmen ins Wasser gefallen, weil keine seiner Bezugspersonen greifbar war.

Trotzdem hätte sie alles getan, sein Leben zu erhalten, und auf ihre verhaltene Weise trauert sie um ihn.

1. Oktober, Freitag

Die ganze Woche haben wir im Keller geschuftet. Zuerst Platz geschafft, saubergemacht, zwei zerbrochene Scheiben erneuert, dann eine Fuhre Briketts eingelagert, zehn Zentner Kartoffeln, drei Zentner Äpfel. Zehn Meter Holz lagen den ganzen Sommer über im Hinterhof, und wenn ich nicht mit Engelszungen geredet hätte, wären sie jetzt noch nicht unter Dach. Es ist immer dasselbe: einer verläßt sich auf den andern. Es geht nichts über strenge Pflichtenverteilung. Gemeinschaftsarbeit bleibt weitgehend unerledigt (oder mir überlassen).

Zum Winterheu für die Ponys kamen noch Weizenstroh und Futterrüben, der Schuppen mußte abgedichtet und der Türriegel repariert werden, sonst stiebitzen sie die Leckerbissen im Handumdrehen. Überhaupt sind sie in diesem Sommer verwildert wie nie zuvor. Der Opa fehlt an allen Ecken und Enden.

3. Oktober, Sonntag

Heute waren wir in Büsch bei den Hammerschmieds eingeladen, Lidias Großfamilie.

Ein Bauernhaus, das kein Eifler mehr haben wollte: niedrige Zimmerchen, Einzelöfchen, kleine Fenster ohne Doppelverglasung, Klo im Stallgebäude, wurmstichiges Treppengeländer, steinernes Spülbecken, alter Kohleherd.

Aber: wunderschöne Handarbeiten als Wandschmuck, starker Tee aus einem summenden Samowar, delikates Gebäck, süßsauer eingelegte Gurken, Zwiebeln, Paprikaschoten zu butterweichen Piroggen – alles dargeboten mit größter Herzlichkeit. Thea und ich waren überwältigt.

Um unsere Gastgeber nicht zu überfordern, hatten wir nur die Babys mitgenommen. Aber selbst mit Tommy, Kevin und den Mädchen hätten wir die Hammerschmieds nicht aus der Fassung bringen können. Ihre Kinderliebe und Gastfreundlichkeit übertrifft alles, was unsereiner gewohnt ist und selbst zu bieten bereit ist. Ja, das mußten wir uns eingestehen, Thea und ich und auch Birgit, die mit dem kleinen Erik schon da war, als wir kamen.

Zuerst erfolgte natürlich die Begutachtung der Säuglinge, die uns zusammengeführt haben. Jonas, mit zweieinhalb Monaten der Älteste, blickte wacher in die Welt als die drei anderen. Erik, ein Leichtgewicht, ist ein auffallend sportlicher Strampler, Rosi dagegen ein süßes, rundgesichtiges, friedliches Schlummerle, Monica, deren Lebensalter noch in Tagen gezählt wird – dreiundzwanzig sind es erst – konnte durchaus mithalten, drehte das Köpfchen und verfolgte aufmerksam mit weit offenen Augen jede Bewegung. Alle vier gingen von Arm zu Arm, wurden gewiegt und gehätschelt und vorsichtshalber jedem Luftzug ferngehalten.

Die Hammerschmieds kommen aus Kasachstan. Alle nehmen Deutschunterricht, auch die Großmutter, obwohl sie sich weit besser in der Sprache ihrer Vorväter ausdrücken kann als die jungen Leute. Aber sie möchte nicht zurückstehen, ihren guten Willen und ihr Interesse bekunden.

Die Männer arbeiten als Möbelpacker, die Frauen sind entschlossen, eine kleine Landwirtschaft aufzuziehen: Hühner, Enten, Tauben, Schweine und mit der Zeit ein paar Kühe, falls sie Wiesen pachten können. Ein Nutzgarten am Haus und ein weiterer unten am Bach sind bereits gezäunt, umgegraben und für die Frühjahrsbestellung vorbereitet worden.

Ich habe an unsere Wildnis gedacht und mich in Grund und Boden geschämt.

Zu Allerheiligen, diesem tristen Novemberfeiertag, habe ich ein Mütter-und-Baby-Treffen bei mir angekündigt. Thea will das ihre am Nikolaustag veranstalten, der dieses Jahr auf einen Sonntag fällt.

7. Oktober, Donnerstag

Die Oma hat uns einen Prospekt der von ihr ausgewählten Einbauküche zukommen lassen. Ich habe meinen Augen nicht getraut. Vorherrschende Farbe: Mint, abgesetzt mit Weiß und Pink. Poppig ist gar kein Ausdruck.

Ich nahm alles zurück, was ich jemals geäußert hatte, von wegen Eiche Rustikal und so . . .

Gero warf mir einen triumphierenden Blick zu, die Mädchen ließen ein anerkennendes »Wau« hören, und abends rief ich die Oma an, um sie zu der getroffenen Wahl zu beglückwünschen. Sie war geschmeichelt. Sie habe, sagte sie, den heroischen Entschluß gefaßt, ihre Fenstervorhänge nicht mitzunehmen und ändern zu lassen, sondern einzumotten und neue zu kaufen. Sie spiele sogar mit dem Gedanken, die Polstermöbel aufzugeben, obwohl sie keineswegs abgenutzt seien. Aber vielleicht, schränkte sie gleich darauf ein, reiche es auch, sie neu beziehen zu lassen. Morgen wolle sie sich in der Stoffabteilung der Kaufhäuser umsehen und bei dieser Gelegenheit auch mal prüfen, was heutzutage an Teppichen angeboten würde.

»Wer hätte das gedacht«, sagte ich zu Gero, und er wiegte bedenklich den Kopf und meinte, ich solle sie nicht auch noch anheizen. Du lieber Gott! Jahrelang hat die Oma kränkelnd und mißvergnügt in ihrer Sofaecke gehockt! Jetzt rafft sie sich endlich dazu auf, ein paar Staubfänger einzumotten und ein paar eigene Ideen zum Thema ›Schöner Wohnen‹ zu entwickeln, und schon muß man sie vor dem Schlimmsten bewahren.

»Sei nicht albern«, wies ich Gero zurecht, »sie wird ja

nicht gleich in einen Kaufrausch verfallen, nur weil sie ihre Polstermöbel auffrischen lassen will! Ich finde das ganz normal, um nicht zu sagen legitim . . .«

»Willst du etwa auch . . .«, begann Gero stirnrunzelnd, aber ich ließ ihn nicht ausreden. Nein, keine Angst. Ich will nicht etwa auch. Denn erstens beziehe ich keine nagelneue Wohnung, zweitens habe ich kleine Kinder, vor denen weder Polster noch Teppiche sicher sind. Kevin, wenn man nicht aufpaßt, lümmelt sich sogar mit Gummistiefeln auf dem Sofa. Aber wenn sie groß sind – und garantiert nicht erst, wenn ich siebzig bin wie die Oma – schmeiße ich alles auf den Müll und richte mich neu ein.

»Alles?« fragte Gero entsetzt.

Nun, vielleicht nicht alles. Aber das meiste.

Dabei fällt mir ein, daß wir im Frühjahr unbedingt die Maler kommen lassen müssen. Feuerstellen geben immer Ruß ab. Ein Kachelofen macht da keine Ausnahme. Wir haben es in diesem Jahr verschlampt – zugegeben, auf meinen Wunsch hin. Aber spätestens im April müssen Küche, Flur und Wohnzimmer gestrichen werden, schon deswegen, weil Katrin im Mai konfirmiert wird.

Gero gibt zu bedenken, daß es im April noch kalt und naß sein kann. Warum die Maler nicht erst im Juni bestellen? Weil ich mich lange genug um jede große Einladung herumgedrückt habe. Weil ich anstandshalber nicht nur meine Mutter, meine Schwester und meine Nichte dazubitten muß, sondern auch meine Freundin Antje mit Familie und noch ein paar penible Zeitgenossen, und weil ich mir nichts nachsagen lassen will.

Wenn ich sonst keine Sorgen hätte, meinte Gero, solle ich froh und dankbar sein. Er dagegen müsse sich mit einem Ignoranten namens Grottenvogel abgeben, den das Werk ungefähr so nötig brauche wie einen Kropf. Seine ganze Urlaubserholung sei bereits zum Teufel. Im Februar führen wir zehn Tage weg, egal wohin.

12. Oktober, Dienstag

Mein Auto, mein brüchiger Renault-4-Kastenwagen, hat seinen Geist aufgegeben. Unlängst bereits warnte mich der Mann in der Werkstatt, keine Sprudelwasserkiste mehr einzuladen, weil das Bodenblech glatt durchbrechen könnte. Was tun? Geros Firmenwagen nehmen? Ungern. Äußerst ungern.

Ich habe die Kinder darauf hingewiesen, daß Mutter vorerst unmotorisiert ist und weder bei frühem Schulschluß noch bei plötzlichem Bedarf von Ringheftern, Zeichenblöcken, Zirkelkästen und anderen lebensnotwendigen Kleinigkeiten schnell mal nach Kyllstein düsen kann.

Besorgungslisten anlegen heißt das Gebot der Stunde, und Thea sei gedankt für ihr Angebot, Kevin täglich abzuholen und vom Kindergarten wieder zurückzubringen.

Dienstags hat unsere Katrin einen Stundenplan, der mich an der Intelligenz des Lehrkörpers zweifeln läßt. Erste und zweite Stunde Deutsch, dritte und vierte Stunde frei, fünfte und sechste Stunde Mathe, nachmittags zwei Stunden Sport. Der Bus fährt morgens um halb acht nach Kyllstein und mittags um halb zwei zurück nach Kaltenborn. Danach gibt es noch einen um zwei Uhr nach Kyllstein und einen um sechs Uhr von Kyllstein nach Kaltenborn.

An einem Tag wie diesem hockt Katrin den halben Vormittag im sogenannten Aufenthaltsraum des Gymnasiums, fährt um halb zwei nach Haus, dreht sich auf dem Absatz um und fährt um zwei wieder nach Kyllstein, turnt bis um vier und trödelt bis um sechs Uhr zwischen Gymnasium und Bahnhof herum.

Einfach genial, was sich die Schulleitung da ausgedacht hat. Man sollte dagegen Sturm laufen.

Während ich noch darüber nachsann, wie den Schwachköpfen beizukommen ist, die solche Pläne ausarbeiten, hielt ein froschgrüner Golf vor unserem Gartentor. Es war halb elf Uhr vormittags, Johanna putzte die Fenster im ersten Stock, ich hatte mir Jonas über die Schulter gelegt, damit er sein Bäuerchen macht, und Cromwell sprang heiser bellend an der Haustür hoch.

Minuten später trat unsere Katrin ein, gefolgt von einem hochbeinigen Typ in Designer-Jeans, Karohemd und Lederweste. Sein glattes braunes Haar war straff zurückgekämmt und im Nacken zu einem Pferdeschwanz gebunden. Im linken Ohr steckte etwas Kleines, Goldenes.

»Hallo«, sagte er freundlich und unbefangen und kraulte Jonas sachte unterm Kinn.

»Das ist Henry«, erklärte Katrin ohne weiteren Zusatz, und ich beeilte mich, die Kaffeemaschine in Gang zu setzen.

Ich wußte nicht, ob ich Henry duzen sollte oder was sonst von mir erwartet wurde. Immerhin war es das erste Mal, daß meine Tochter einen jungen Mann ins Haus brachte, und das auch noch unangemeldet, am hellen Vormittag.

»Schön ist das hier«, bemerkte Henry und trat an die Fensterfront im Wohnzimmer, um einen entzückten Blick über die verwahrloste Terrasse, die leeren Wäscheständer und die abgegraste Ponykoppel gleiten zu lassen.

»Nur im Sommer«, sagte ich lahm, »jetzt im Oktober gibt es nicht mehr viel her.«

»Henry hat mich heimgefahren«, plapperte Katrin, die Tassen auf den Tisch stellend, »weil heute Dienstag ist . . .«

Und nur, um etwas zu sagen und die Aufmerksamkeit des Besuchers von der Kehrseite des Hauses abzulenken, erging ich mich über den schwachsinnigen Stundenplan und diejenigen, denen wir ihn zu verdanken haben, rückte Zuckerdose und Sahnekännchen zurecht, überlegte, wo Kevin die Keksdose gelassen haben könnte, das Kind stellt nichts dahin zurück, wo es hingehört, und wie im Traum, wie in einem schlechten Traum, höre ich Katrin zwitschern: »Übrigens, Mami, Henry ist mein Lateinlehrer . . .«

Ich glaubte es nicht. Hier konnte es sich nur um einen Hörfehler meinerseits oder um eine Falschmeldung meiner Tochter handeln. Oder?

Ich stand starr, meinen Jüngsten bäuchlings über die Schultern gelegt, und kämpfte verzweifelt gegen die Leere in meinem Kopf.

»Setz dich, Henry«, bat Katrin munter, »setz dich, Mami! Viel Zeit haben wir ja nicht . . .«

Johannas Gesicht erschien im Türrahmen und verschwand wieder. Ich sah mechanisch auf die Uhr und wußte nicht, was ich mit dem Ergebnis anfangen sollte. Elf. Hieß das, Katrin mußte zu Mittag essen? Oder was? Oder wie? Oder wann?

Ihr Lateinlehrer.

Einer, der mein Sohn sein könnte. Mit Pferdeschwanz noch dazu. Sehen so heutzutage die Lehrer aus? Wo sind wir denn! Wo kommen wir denn hin! Wo habe ich denn bis jetzt gelebt? Und wieso nennt sie ihn Henry?

Später, viel später, als Johanna für uns alle Omelett mit grünem Salat gemacht hatte und der froschgrüne Golf (selbstgespritzt, wie ich erfuhr, und ich fresse einen Besen, wenn nicht auch am Motor manipuliert worden ist!) aus der Einfahrt gerollt war, kam ich so weit wieder zu mir, daß ich klar denken und mit Johanna darüber reden konnte. Sie nahm das alles nicht so tragisch wie ich.

Erstens sind ihre Söhne, als sie zur Realschule gingen, mit den gleichen Lücken zwischen den Unterrichtsstunden konfrontiert worden. Ich sollte froh sein, meint Johanna, daß die Großeltern nach Kyllstein ziehen, dann wisse Katrin immer, wohin sie gehen könne.

Zweitens solle ich mir mal den Assistenten ansehen, der Doktor Weinschrot neuerdings in seiner Zahnarztpraxis hilft. Daneben käme mir der Lateinlehrer wie eine ausgereifte Persönlichkeit vor.

Ich weiß nicht, was ohne Johanna aus mir würde. Wahrscheinlich ein Zombie.

13. Oktober, Mittwoch

Um das Vertrauen meiner dreizehnjährigen Tochter Katrin nicht zu verlieren, bekenne ich meine Verwirrung angesichts eines Lehrers, den sie mit seinem Vornamen nennt und duzt. Mein tiefes Befremden jedoch behalte ich für mich.

Auch Gero habe ich angewiesen, sich lediglich verwundert zu zeigen, das steht uns halben Greisen schließlich zu. »Ich weiß gar nicht, was ihr wollt«, gab unsere Älteste achselzuckend zurück, »Antjes Zwillinge waren acht oder neun, als sie Karl-Heinz kennenlernten, der war auch

Pädagoge, und anders als Karl-Heinz haben sie ihn nie genannt!« Ich wandte ein, daß Karl-Heinz nicht im Schuldienst tätig, sondern mit Sonderaufgaben bei Problemkindern beschäftigt war. Laura wollte sofort wissen, wieso Olaf und Mark Problemkinder waren, worauf ich nicht einging, um das Gespräch nicht abdriften zu lassen.

Henry Köster, erklärte Laura mit großer Entschiedenheit, sei absolut Spitze, das ginge schon daraus hervor, daß er kürzlich zum Vertrauenslehrer gewählt worden sei.

Vom ganzen Gymnasium, wie sie schrill hinzufügte, während Katrin bescheiden lächelnd Kartoffeln auf ihren Teller häufte. (Gott sei Dank – ihrem Appetit hat die Neigung zum Lateinlehrer bis jetzt nicht geschadet.)

Ich streute Petersilie über das Möhrengemüse und merkte mir den Namen: Köster.

Gero fragte betont beiläufig, wie alt er denn sei. Beide Mädchen starrten ratlos in die Luft.

»Alt eben«, seufzte Laura ungeduldig.

»Jünger als Herr Derich«, schränkte Katrin ein.

»Ach, der«, knurrte Laura abfällig.

»Ich fand, daß er recht jung aussieht«, bemerkte ich am Rande.

»Wer? Henry?« Laura spießte die Gabel auf und musterte mich ungläubig.

»Das liegt nur an seiner Frisur«, meinte sie kopfschüttelnd, »und vielleicht im Vergleich zu dir oder zu Papi . . .«

»Auf jeden Fall ist er unheimlich nett«, sagte Katrin träumerisch, »ich wünschte, er wäre unser Klassenlehrer!«

»Ist er aber nicht«, zischte Laura schadenfroh.

»Warum hat er dich eigentlich nach Haus gefahren?« erkundigte sich Gero so arglos wie möglich.

»Ach, er wollte sich mal die umliegenden Dörfer angukken«, erwiderte Katrin eifrig, »er ist ja neu hier und wohnt im Kyllsteiner Gästehaus. Da will er aber nicht länger bleiben.«

»Er sucht also eine Wohnung?«

»Ja, ich glaube.«

»Nur für sich, oder hat er eine Familie?«

Ich bewunderte Gero um sein diplomatisches Geschick.

»Nein, davon hat er nichts gesagt.«

»Na, dann wird er sicher bald etwas Passendes finden«, schloß Gero in zuversichtlichem Ton, »er scheint ja ein angenehmer Zeitgenosse zu sein. Aber wir wollen über alledem doch nicht vergessen, was wir ausgemacht haben . . .«

Zwei Augenpaare starrten ihn gespannt an.

»Was denn, Papi?«

»Daß ihr in kein fremdes Auto steigen sollt!«

»Aber, Papi . . .«

»Kein Aber«, sagte Gero ruhig und fest mit einem beziehungsvollen Blick auf Kevin, »Ausnahmen von der Regel gibt es nicht, sonst lernt ein kleines Kind sie nie!«

Katrin murmelte »Hmmm« und senkte den Kopf.

Laura klappte den Mund wieder zu.

»Ist doch wahr«, raunte Gero mir zu.

»Natürlich«, sagte ich knapp, dankbar, daß er die Sache auf den Punkt gebracht hatte.

»Manche aus meiner Klasse fahren per Anhalter heim, wenn wir früh Schulschluß haben«, bemerkte Laura halblaut.

»Ihr nicht«, sagten Gero und ich wie aus einem Munde.

»Nein, nein, schon gut«, hauchte Katrin und hob beschwichtigend die Hände.

»Morgen«, schlug Gero vor, »oder besser übermorgen, wenn Johanna hier ist, fährst du nach Kyllstein zum Autohändler und siehst dir die gebrauchten Kleinwagen an, die er im Wochenspiegel inseriert hat. Nur ansehen. Alles andere erledige ich am Samstag.«

So hat doch alles sein Gutes . . .

15. Oktober, Freitag

Auf die Frage, wie ich heute morgen so früh wie möglich nach Kyllstein komme, gab es ursprünglich zwei Antworten.

Die erste hieß: Ich nehme den Firmenwagen.

Die zweite hieß: Gero bringt mich hin und fährt weiter nach Köln, wo er um zehn Uhr einen Geschäftstermin wahrnehmen muß.

Letzten Endes nahm ich dann doch den Bus um halb acht, denn Gero startete bereits um sieben. Das war mir aus verschiedenen Gründen zu früh.

So zog ich also erstmals mit meinen Töchtern zur Bushaltestelle unterhalb unserer Straße; es regnete in Strömen, außer mir hatte niemand einen Schirm, und überdies war ich die einzige Erwachsene. Der Bus kam mit fünfzehn Minuten Verspätung, die Kinder hievten ihre klatschnassen Schultaschen hinein, ich folgte als letzte, forderte dem brummigen Fahrer einen Fahrschein ab – wiederum als einzige, denn alle andern hatten natürlich Monatskarten – und da er unverzüglich in die Pedale trat, fiel ich prompt auf drei erschrockene kleine Mädchen in der ersten Sitzreihe.

Ich rappelte mich wieder auf und sah gerade noch, wie

meine Tochter Laura mit gezieltem Wurf ihre Tasche auf ein ausgestrecktes Schienbein schleuderte, woraufhin sich aus den Tiefen einer Sitzbank, die er ganz allein belegte, während der Gang gerammelt voll war, ein Kerl erhob, einem Walroß täuschend ähnlich, und mit seiner ungewaschenen Hand eine Drohgebärde ausführte.

»Aaah, schon wieder die Brillenschlange«, röhrte er hinter Laura her, die bereits den hinteren Teil des Busses erreicht hatte.

»Drecksack!« schrillte sie zurück.

»Bleib, wo du bist, Mami«, beschwor mich Katrin, aber ich hörte nicht auf sie, arbeitete mich vor und ließ mich neben dem Walroß auf den Sitz fallen. Zwei kleine, in Fettpolster eingebettete, verklebte Augen starrten mich verblüfft an. Um uns herum herrschte reges Schnattern, Kichern und stimmbrüchiges Krächzen.

Über uns hing wie ein kleiner, blasser Mond Miriams Gesicht. Sie tuschelte unentwegt auf das Walroß ein, und obwohl man sein eigenes Wort nicht verstehen konnte bei dem Krach, kam einiges bei mir an, nämlich »Manni« und »dir nicht alles gefallen zu lassen brauchst«.

Miriam. Kein Zweifel: Sie hetzt dieses Monster gegen uns auf.

An mir sah sie geflissentlich vorbei, so, als hätte sie mich nie vorher gesehen, geschweige denn näher gekannt.

Miriam. Ist es denn die Möglichkeit! Jahrelang ging sie bei uns aus und ein, aß an unserem Tisch, schlief auf unserer Luftmatratze, fuhr unseren Kevin im Kinderwagen spazieren, sah sämtliche Folgen von Pippi Langstrumpf vor unserem Fernseher, machte ihre Schularbeiten in unserem Wohnzimmer, verbrachte ihre Ferien auf unserer

Ponykoppel, und kein Kindergeburtstag fand ohne sie statt, kein Familienfest – ein Kind des Hauses, ja, das war sie, vor zwei Jahren noch.

Das Walroß neben mir gab unartikulierte Grunz- und Schnauftöne von sich. Zu mehr, nehme ich an, ist es gar nicht imstande. Ich rückte unwillkürlich ab, weil es so ungewaschen roch, wie es aussah. Das geballte Interesse der Umstehenden nutzend, rümpfte ich demonstrativ die Nase, stand auf und wankte zur Tür, kaum daß sie sich geöffnet hatte.

»Na, Brillenschlange«, hörte ich das Walroß keuchen, als es schwerfällig hinter meiner Tochter Laura aus dem Bus polterte.

»Hau ab«, zischte Laura verächtlich zurück, »du stinkst!« Ich bin so stolz auf sie, und gleichzeitig mache ich mir solche Sorgen um sie. Da fahre ich einmal im Bus, den meine Töchter täglich zweimal benutzen, und schon bedrückt mich die Wirklichkeit, der sie ausgesetzt sind, sobald sie die schützende Geborgenheit ihres Elternhauses verlassen!

Ich habe mir das nie klargemacht. Ich war so niedergeschmettert, daß ich erst eine Tasse Kaffee trinken mußte, bevor ich mich auf den Autohandel einlassen konnte, aus dem auch prompt nichts wurde. Alles, was ich sah, war frisierter Schrott.

18. Oktober, Montag

Ende der Woche kriege ich einen 2 CV, auch Ente genannt, feuerrot, mit rot-weiß karierten Polstern und dem Aufkleber: Wer durch die Eifel fährt, muß verteufelt gut fahren können. Sowie: Du lachst dich platt – ich fahr mit KAT.

Er hat zwei Jahre TÜV und ist uns vom Hausmeister des Kohlensäurewerks vermittelt worden.

Dauernd ertappe ich mich bei dem Gedanken, meinen Kindern die Busfahrt zu ersparen, sie wenigstens morgens nach Kyllstein zu bringen, sobald ich wieder einen fahrbaren Untersatz habe. Aber das sind Luftblasen. Gero sage ich erst gar nichts davon. Trotzdem: Die Erfahrung vom Dienstag rumort immer noch in mir.

24. Oktober, Sonntag

Wir haben eine Probefahrt mit unserer Ente gemacht, die – wie könnte es anders sein? – Donald Duck heißt, und dabei festgestellt, daß sie ungeheuer windempfindlich ist. Die rauhen Eifler Herbststürme haben sie fast von der Straße gefegt. Auch ich muß mich erst an die seltsame Kurvenlage gewöhnen, die ihr eigen ist. Ansonsten alles paletti, besonders kostenmäßig. Steuer: lächerlich gering, Versicherung maßvoll, Spritverbrauch mickrig. Was will ich mehr!

Dienstag, 2. November

Er hat gut angefangen, der Geburtstagsmonat meiner Tochter Laura . . .

Für Sonntag, den 1. November, hatte ich das Mütter-Kinder-Treffen arrangiert, mit Cremetörtchen, Apfelschnitten, gefüllten Berlinern, Kaffee und Tee, sowie –

ich gestehe es nur ungern ein – etlichen Video-Kassetten, von Pan Tau bis zu den Kindern von Bullerbü, um Kevin und Tommy in Schach zu halten. (Nein, keinen Turtle-Streifen. So tief bin ich noch nicht gesunken.)

Lidia war so lieb, Birgit abzuholen, die kein Auto hat, und bis zum letzten Moment hielten wir die Luft an, weil allenthalben die Grippe umgeht und wir mit unseren Winzlingen natürlich nichts riskieren wollten.

Axel Weinschrot, der seit Tagen hustet wie ein Weltmeister, wurde umgehend nach Hause geschickt, als er sich bei Laura nach den Hausaufgaben erkundigen kam. Pater Ansgar, der am Telefon leicht verschnupft klang und seinen Kurzbesuch für Sonntagvormittag anmelden wollte, mußte sich aufs nächste Wochenende verlegen lassen.

Katrin und Laura halfen, wo sie konnten, und sahen jedem Baby mit Spannung entgegen. Gero begrüßte die Damen, schäkerte mit den Kleinen, knipste in Windeseile einen Film leer, schnappte sich seinen Hund, lächelte entschuldigend in die Runde und flüchtete in den Wald.

Die ganze Zeit hatte das Telefon geklingelt, aber keiner von uns war dazugekommen, den Hörer abzuheben, außer Kevin, der mit offenem Mund lange lauschte und dann stumm wieder auflegte.

Wir saßen im überheizten Wohnzimmer, der Kachelofen bullerte, Katrin schenkte Kaffee und Tee ein. Laura lotste die Jungens nach oben ins Mädchenzimmer, wo ein ausrangierter Fernseher von Oma und Opa steht, bediente sie mit Kuchen und Saft und warf die erste Kassette in den Videoschlund, als es an der Haustür klingelte.

Ich hörte Laura die Treppe herunterpoltern und rief: »Laß niemanden rein, der erkältet ist!«

Unwillkürlich senkten sich alle Stimmen am Tisch, und wir vernahmen die Botschaft, die meine aufrichtige Tochter schonungslos weitergab: »Tut mir leid, ich kann dich nicht reinlassen! Nein – keinen Schritt weiter!«

Es war Tante Irmi, und sie war so erkältet, daß sie ihre untere Gesichtshälfte mit einem Taschentuch bedecken mußte. Ihre Augen schwammen, ihre Stimme klang hohl.

»Ich muß mich wohl entschuldigen«, stieß sie zwischen zwei Hustenanfällen hervor, als ich in den Flur stürzte, wo Laura ihr immer noch tapfer den Weg vertrat, »aber ich habe versucht anzurufen . . .«

Ja, das hatte sie. Vor einer Viertelstunde, nachdem sie bereits in Kaltenborn angekommen war, und keine Minute vorher. Ich versuchte, die Situation zu meistern, das Problem zu schildern, die Spannung zu mildern, die Lage zu entschärfen. Vergebens.

Jemand, der nie mit Säuglingen zu tun hatte, jemand, der im Hinblick auf mütterliche Ängste und mütterliche Abwehr weitgehend ahnungslos geblieben ist, jemand wie Tante Irmi – der versteht kein Wort von meinem Gestammel, sieht sich abgewiesen, ausgesperrt, verjagt, und das mit achtunddreißig Grad Fieber, einer schweren Bronchitis und beginnender Stirnhöhlenentzündung.

So jedenfalls schilderte sie Gero bei einem steifen Grog im Landhaus-Restaurant das Unrecht, das ihr bei uns widerfahren war.

Zu meiner unsäglichen Erleichterung hatte er sich bereits genähert, als sie noch im Türrahmen stand, und zwar nur deshalb, weil Cromwell ihm schon nach zwanzig Minuten die Gefolgschaft verweigert hatte. Gott segne unseren alten, verwöhnten Hund!

Gegen halb sechs verabschiedeten sich meine Schicksalsgenossinnen, packten ihre Babys in warme Decken und fuhren nach Hause.

Danach erreichte das Drama »Tante Irmi« seinen Höhepunkt, insofern nämlich, als sowohl das Landhaus-Hotel in Kaltenborn als auch das »Dolomit« in Kyllstein bedauerten, kein Zimmer mehr frei zu haben. Tante Irmi, zutiefst gekränkt und verunsichert, glaubte an eine Verschwörung der gesamten Region gegen weibliche pensionierte Hamburger Bankangestellte. Schließlich gelang es Gero, seine Werksverbindung nützend, sie im Kyllsteiner Gästehaus unterzubringen, demselben, in welchem auch Henry Köster logiert. Es ist ein schmuckloser Kasten am Ortsrand, enthaltend ein halbes Dutzend Ferienwohnungen. Kein Service.

Ich schlief die ganze Nacht nicht. Hin- und hergerissen zwischen Mitleid und Empörung, Gewissensbissen und Aggressionen, wälzte ich mich von einer Seite auf die andere.

Im Morgengrauen beschloß ich, Tante Irmi aufzusuchen, sobald ich meine dringendsten Arbeiten erledigt hätte – unangemeldet – und sie ins Café zum Frühstück zu führen.

Aber sie war schon abgereist, unter Mitnahme aller Videofilme, die sie in der Toskana gedreht hatte, unserer Fotoalben, die sie uns eigentlich zurückgeben wollte, und der Geschenke meiner Schwester und meiner Mutter für unseren Jonas.

Es ist ein Desaster sondergleichen, das weiter Kreise ziehen wird, und der Unmensch bin natürlich ich. »Ach was«, sagen die Mädchen, »das wird sie endlich mal lehren, sich anzumelden, bevor sie uns ins Haus fällt.«

Auch Gero betont diesen Aspekt, obwohl er sich nicht

so kraß ausdrückt, sondern eher von einer »peinlichen Situation« spricht, die sich da ergeben hat.

5. November, Freitag

Und schon laufen die Drähte heiß: Aus Mainz erkundigte sich die Omi, was um alles in der Welt wir ihrer Schwester angetan haben. Gero übernahm die detaillierte Erklärung, wobei er Wert auf die Feststellung legte, daß immerhin er, wenn schon sonst niemand, fünf Stunden seiner kostbaren Freizeit auf Tante Irmi verwendet habe. Er sei, fügte er mit schwerer Stimme hinzu, bitter enttäuscht darüber, daß sein Einsatz offenbar von keiner Seite zur Kenntnis genommen, geschweige denn gewürdigt werde.

Die Oma ging sofort in sich, der Opa gab zu erkennen, daß er dies von Anfang an gesagt habe und daß die Gesundheit seines jüngsten Enkels in dieser widerwärtigen Jahreszeit nicht aufs Spiel gesetzt werden dürfe, schon gar nicht wegen der Marotten einer alten Jungfer, die sich selbst für den Nabel der Welt hielt.

Danach konnte sich Gero beruhigt zurücklehnen und die zu erwartende Auseinandersetzung mit meinen Leuten mir überlassen. Aber dazu kam es nicht.

Als Carla anrief, war Katrin am Apparat, weil ich gerade zum Elternabend im Gymnasium aufbrechen und mich nicht aufhalten lassen wollte.

»Nö«, hörte ich Katrin unbeeindruckt sagen, »wir hatten gerade vier Säuglinge zu Besuch, und deshalb mußten alle Leute draußen bleiben, die Bazillen verstreuen – Pater Ansgar, Axel Weinschrot und eben auch Tante Irmi. Das ging einfach nicht anders. Was hast du ihr denn mitgegeben für Jonas? Ich meine, wenn es etwas zum Anziehen ist – vielleicht paßt es ihm schon gar nicht mehr! Was? Wann? Na, das hätte sie aber schon längst mit der Post schicken können!«

Ich stellte mit Befriedigung fest, daß meine älteste Tochter von ihrem Vater nicht nur die brünette Erscheinung geerbt hat, sondern auch die innere Stimme, die ihr im rechten Moment rät, den Spieß umzudrehen, nach dem Motto: Angriff ist die beste Verteidigung.

11. November, Donnerstag

Nachdem ich mich nun allseitig gründlich unbeliebt gemacht habe, denke ich über eine Versöhnungstaktik nach.

In der Reihenfolge rangiert Antje ganz vorn.

Aus diesem Grunde habe ich bei Laura vorgefühlt, ob sie vielleicht den Wunsch verspürt, ihren Geburtstag im großen Kreis zu feiern. Es ist immerhin ein »runder«, nämlich der zehnte, und fällt zudem auf einen Freitag. Was spricht dagegen, daß wir samstags eine Superfete steigen lassen, mit allen gleichaltrigen Kindern, die wir kennen! Da die Großeltern erst zu Weihnachten kommen, haben wir das Haus für uns allein, außer auf Jonas brauchen wir keine Rücksicht zu nehmen, und selbst ihn könnte ich notfalls bei Albers unterbringen. Und wie wäre es, wenn wir die Zwillinge einlüden, sowohl Olaf und Mark, als auch ihre Schwestern?

»Stiefschwestern«, verbesserte mich Laura streng und schüttelte sofort den Kopf. Nein, das habe sie eigentlich nicht vor. Sie lege dieses Jahr weniger Wert auf eine große Gesellschaft als auf ein großes Geschenk. Das habe sie mir schon die ganze Zeit sagen wollen, aber ich hätte so viel um die Ohren gehabt. Mit Papi dagegen habe sie sich unter dem Siegel der Verschwiegenheit bereits besprochen, und zwar einverständlich.

Ich war wie vor den Kopf geschlagen.

Seit wann genießt Gero größeres Vertrauen als ich?

Ist mein zweitältestes Kind im Begriff, mir zu entgleiten? Habe ich ihm zu wenig Aufmerksamkeit gewidmet?

Bin ich mit den beiden Kleinen zu sehr beschäftigt?

Warum soll der zehnte Geburtstag nicht mit Pauken und Trompeten und einem Haus voll Kinder begangen werden?

Und was heißt hier großes Geschenk? Worum handelt es sich dabei?

Das eben, erklärt mir Gero geduldig, sei der Knackpunkt. Das Geschenk.

Aber wieso ist das ein Knackpunkt? Bin ich vielleicht geizig? Knausere ich an einem Kindergeburtstag? Eher gönne ich mir selbst nichts. Eine Tatsache, die hinreichend bekannt sein dürfte. Oder?

Natürlich, beschwichtigt mich Gero, nicht so sehr der Preis sei das Problem, obwohl er das bisher übliche etwas überschreite, aber damit müsse man heutzutage und mit zunehmendem Alter der Kinder eben rechnen, wie auch mit den Wünschen als solchen, nicht wahr, also kurz und gut: Laura habe sich einen PC in den Kopf gesetzt, genauer gesagt, einen Logomax 2.

Einen Computer? Laura? Mit zehn Jahren?

Kommt überhaupt nicht in Frage.

»Siehst du«, sagte Gero, als wäre damit alles gesagt.

Ich will dir sagen, was ich sehe, mein Lieber, nämlich daß sie sich ihre schlechten Augen noch mehr verdirbt. Ich sehe, daß sie sich nicht mehr aus dem Zimmer rühren, nicht mehr vom Stuhl erheben wird. Ich sehe, daß mein vierjähriger Kevin, der hinter jedem technischen Spielzeug her ist wie der Teufel hinter einer Seele, sich am Logo – wie heißt das Ding? – zu schaffen macht, sobald ich ihm den Rücken kehre. Das sei kein Argument, unterbricht mich Gero. Laura könne nichts dafür, daß sie kleine Brüder habe. Keinesfalls dürfe sie Kevins wegen in ihrer geistigen Entwicklung gehindert werden.

Geistig? Ich höre wohl nicht richtig! Seit wann fördern Computerspiele die geistige Entwicklung? Die Söhne meiner Freundin Antje bedienen seit Jahren alles, was Tasten hat. Sind sie deshalb Genies geworden? Soviel ich weiß, haben sie nicht einmal den Übertritt zu einem städtischen Gymnasium geschafft.

»Es geht nicht um Spiele«, erklärte Gero, »oder jedenfalls erst in zweiter Linie. Der Logomax ist ein Lerncomputer, der Rechtschreibung vermittelt, Grammatik, Mathematik . . .«

»Erzähl mir nichts«, knirsche ich, »wir haben zufällig eine dreizehnjährige Tochter namens Katrin, die eine ausgezeichnete Schülerin ist, ohne jemals ein Logodingsda besessen zu haben. Ich bin dagegen, Gero!«

»Wir reden morgen noch einmal darüber, Bea.«

Von mir aus. Obwohl es Sinnvolleres zu besprechen gäbe.

14. November, Sonntag

Sie bearbeiteten mich gemeinsam, jeder auf seine Weise, sogar Katrin beteiligt sich an der Aktion.

Ich dürfe, meint Katrin, Laura nicht ständig mit ihr vergleichen und umgekehrt. Sie beide seien schließlich keine siamesischen Zwillinge. Auch gewinne Kevin dadurch schon wieder einen Punkt. Kevin? Wie kommt er ins Spiel? Nun, ganz einfach: bis jetzt ist er konkurrenzlos und unvergleichbar gewesen, als Junge eben. Während Laura von Anbeginn gemessen worden ist, und zwar an ihrer Schwester.

»Das ist nicht fair, Mami!«

Diese Unterredung findet im Babyzimmer statt, während ich Jonas wickle, der sich der Stimme enthält und mich liebreich anlächelt. Kleiner Engel. Wenigstens einer!

Es folgen im Bad, während ich Wäsche sortiere, die Ausführungen meiner benachteiligten Tochter Laura:

Einmal habe Papi sie im Kohlensäurewerk herumgeführt, um ihr seinen Arbeitsplatz zu zeigen und ihr klarzumachen, worauf es ankomme im Leben. Das habe sie sich sehr zu Herzen genommen, und sie habe nie vergessen, daß auf jedem Schreibtisch ein Computer stand, auch auf Papis Schreibtisch. Ich wisse es vielleicht nicht, aber für die meisten Kinder ihres Alters sei der Logomax schon passé, ausrangiert, ersetzt durch einen Genius Leader, ich solle mal Axel Weinschrot fragen. Seine Cousine sei im ersten Schuljahr und besitze bereits eine Junior Data Bank. Darin speichert sie Geburtstage, Telefonnummern, Taschengeld und dergleichen, auch Datum und Uhrzeit sind immer abzulesen. Laura, sage ich, was muß ich für ein Superhirn haben, daß ich achtunddreißig Jahre lang keinen Geburtstag vergessen und den Überblick über die mir anvertrauten Gelder nie verloren habe! Nicht zu reden von den Telefonnummern, die ich bisher immer ohne Data Bank fand! Es müssen Tausende gewesen sein!

Sie funkelt mich an, voll gerechter Empörung ob meiner Begriffsstutzigkeit, stampft mit dem grünen Stiefel auf und zischt: »In anderen Familien sind es immer die Ältesten, die für die Geschwister die Kohlen aus dem Feuer holen müssen! Nur bei uns muß ich das alles machen! Und eins sage ich dir jetzt schon: Wenn ich zwölf bin, will ich Kontaktlinsen!«

Nach dieser verblüffenden Wendung des Gesprächs stürmte sie hinaus, um Axel die Tür zu öffnen, der, offensichtlich bestens präpariert, mir einen wissenschaftlichen Vortrag über Computertechnik hielt. Es war von Modulen die Rede, von Cursor-Maus, Netz-Adaptern und anderen Merkwürdigkeiten.

Er tat das ganz locker und ohne sich zu verhaspeln. Er machte tatsächlich den Eindruck, als wisse er genau, worüber er sich da ausließ, sachkundig, fachkundig, ganz gelassen. Er war es, der meine Überzeugung ins Wanken brachte.

Nicht Gero, nicht Katrin, nicht Laura.

Nein. Axel Weinschrot blieb es vorbehalten, mich zu der Einsicht zu bringen, die Gero so treffend formuliert hatte.

»Du kannst vielleicht gegen den Strom der Zeit schwimmen, Bea, aber du kannst von den Kindern nicht verlangen, es ebenfalls zu tun.«

Nun gut. Geh und kauf ihr die Garantie für eine erfolgreiche Zukunft! Wir werden sehen, was dabei herauskommt, praktisch, schulisch, notenmäßig.

20. November, Samstag

Ich hab's gewußt! Kevin sah den quittengelben Apparat und geriet völlig aus dem Häuschen. Die Mädchen müssen von jetzt an ihre Zimmertür abschließen.

Außerdem, was mir niemand vorher gesagt hatte, obwohl doch jede Menge Worte darüber verloren worden sind: Er spricht (ich meine den Logomax) mit einer gräßlich quäkenden Stimme. Auch das noch!

Außer Axel waren nur zwei frühere Schulfreundinnen da. Laura, gab mir Katrin zu verstehen, hat in der neuen Klasse noch nicht richtig Fuß gefaßt. Sie gehört zu den Jüngsten und den Kleinsten und wird schon daher zu wenig ernst genommen.

»Ich weiß, wie das ist«, sagte Katrin betrübt, »beim Übertritt ins Gymnasium habe ich alle meine alten Freundinnen verloren. Denk nur an Miriam!«

Ich schloß sie in die Arme und versicherte ihr, Miriam, wie sie sich zur Zeit darstelle, sei überhaupt kein Verlust. Dann widmete ich mich ausschließlich dem Geburtstagskind und seinen Gästen, die dem Tee-Punsch (neues Rezept von Johanna) und dem Käsegebäck (nur nicht so viel Süßes, hatte Laura gefordert) eifrig zusprachen und sich danach dem Detektivspiel zuwandten, das Axel geschenkt hatte.

Draußen brauste ein Sturmwind mit hundert Stundenkilometern durchs Tal. Drinnen war es warm und gemütlich. Alle waren zufrieden. Nur meine Stimmung war irgendwie wehmütig. Für einen »runden« Geburtstag, einen zehnten noch dazu, hätte ich mir mehr Jubel und Trubel gewünscht.

23. November, Dienstag

Ich lese den letzten Satz meiner letzten Eintragung und verstehe mich selbst nicht mehr. Ich muß von allen guten Geistern verlassen gewesen sein.

Sonntagmorgen rief Antje an, gratulierte Laura zum Geburtstag, fragte beiläufig, was wir vorhätten, und stellte eine Überraschung in Aussicht für den frühen Nachmittag.

Die Kinder zappelten vor Aufregung, Gero legte die Stirn in Falten, ich wurde nervös und brachte Jonas vorsichtshalber bereits um drei Uhr nach oben in Sicherheit.

Etwas später hielt der rote Geländewagen vor unserem Gartentor, heraus kollerten vier riesige Kürbisköpfe auf schwarzen Spinnenbeinen, johlten, kreischten und tanzten wie die Wilden um uns herum.

Kevin brach in Tränen aus. Cromwell traf fast der Herzschlag vor Erregung. Ich lauschte unwillkürlich nach oben, wegen Jonas. Die Mädchen ließen sich willenlos im Kreis herumwirbeln, und nur Gero begriff auf Anhieb, daß es sich hier um Halloween-Treiben handelte, ein beliebtes amerikanisches Possenspiel, das im November aufgeführt wird, vergleichbar etwa unserem Karneval.

Antje, die in ihrer Jugend als Funkenmariechen Furore machte und aktives Mitglied in einem Kölner Verein geblieben ist, gab sich denn auch sogleich als Initiatorin zu erkennen, während Gottfried (wir sind inzwischen per du)

sich verlegen im Hintergrund hielt. Der Münchner Fasching, wie er uns später verriet, folgt gänzlich anderen Regeln als der rheinische Karneval, ganz zu schweigen von der nordamerikanischen Abart.

Sie hatten natürlich drei weitere ausgehöhlte Kürbisköpfe mitgebracht, einen für Katrin, einen für Laura, einen für Kevin.

»Ich dachte, das wäre ein guter Eisbrecher«, raunte mir Antje augenzwinkernd zu, »unsere Kontakte waren in letzter Zeit ja etwas eingefroren . . .«

Später, als die wilde Jagd durch Haus und Hof und Keller beendet war und wir bei reichlich mitgebrachtem Kartoffelsalat saßen, wurden die Kürbisse nebeneinander aufgereiht und von innen mit Kerzen beleuchtet, was schaurig-schön aussah. Um ihnen einen angemessenen Standplatz zu verschaffen, hatte ich mein Blumenfenster ausräumen müssen.

Ich tat es ohne Klage, denn Antjes Bemühen, unsere alte Freundschaft nicht verkommen zu lassen, verdiente Anerkennung.

Darüber hinaus interessierte mich die Gestaltung des Familienlebens einer so gemischten Gruppe, und ich wurde angenehm enttäuscht. Sie reden sich alle mit dem Vornamen an, was, wie mir Gottfried gestand, nicht seine Idee war, jedoch, wie Antje erklärt, einfach ehrlicher ist. Steffi und Vreni, meint sie ohne Groll oder Bedauern, werden nie eine Mutter in ihr sehen und brauchen sie daher auch nicht so zu nennen. Olaf und Mark haben nur zu einem Menschen jemals Papi gesagt, und zwar zu Lothar, ihrem leiblichen Vater. Es hieße die zweifellos vorhandene Problematik auf die Spitze treiben, wollte man ihnen Gottfried als Papi aufzwingen. Überhaupt, sagte

Gottfried, halte er sich zur Zeit sehr zurück, was die Kindererziehung angehe. Antje habe alles viel besser im Griff als er, und das Ganze funktioniere bedeutend besser, wenn er sich nicht einmische.

Irgendwie kam mir das Konzept bekannt vor, und zwar aus unseligen Lothar-Zeiten, der ebenfalls von Antje ausmanövriert worden war. Ihm hatte sie es später angekreidet, ihm vorgeworfen, daß er sich aus der Verantwortung geschlichen habe. Aber dies zumindest wird sie kein zweites Mal tun. Dafür findet sie die Ehe mit Gottfried zu schön. Im Grunde ihres Herzens wartet sie nur darauf, daß die Kinder ihrer Fürsorge entwachsen und sie mit ihrem Mann gemütlich leben, verreisen und sich's wohl sein lassen kann.

Olaf und Mark sind lauter, rechthaberischer und ungebärdiger denn je, ohne jedoch auf Steffi und Vreni den geringsten Eindruck zu machen. Es ist erstaunlich, wie gesetzt und selbstsicher diese beiden kleinen Mädchen sind, ohne dabei unkindlich zu wirken.

Katrin und Laura sind ihnen völlig verfallen, bewundern hemmungslos die dicken, rotblonden Bauernzöpfe, die vollkommene Ähnlichkeit der cremefarbenen Gesichter und die Gelassenheit, mit der Steffi und Vreni sich gänzlich anders kleiden, als es in der Jeans-Gesellschaft üblich ist.

Nachdem sie die Halloween-Kluft abgelegt hatten, trugen sie wadenlange Breitcordröcke mit angesetztem Mieder, darunter weiße Leinenblusen mit Ärmeln bis zu den Ellbogen. Steffis Rock war marineblau, Vrenis bordeauxrot, und dazu hatten sie passende kurze Strickjacken bei sich, die sie nicht überzogen, weil es so warm in unserem Wohnzimmer war.

Olaf und Mark rannten ziellos herum, übermotorisch, wie sie ja schon immer waren, kasperten und hampelten sie um die Wette, im Bestreben, Aufmerksamkeit zu erregen, und obwohl sie echte Nervensägen sind, taten sie mir auch wieder leid. Die Mädchen bildeten eine in sich geschlossene Gruppe, die bereits ein Treffen während der Weihnachtsferien plante. Von den Jungen war in diesem Zusammenhang gar keine Rede, ganz im Gegenteil. Man ließ deutlich durchblicken, wie gerne man einmal unter sich sei . . .

Die Zwillinge – Antjes Zwillinge – mußten sich zwangsläufig unerwünscht fühlen, zumal ich sie auch von Jonas fernhielt, da sie pausenlos husteten, ohne sich auch nur andeutungsweise die Hand vor den Mund zu halten, und mit Kevin haben sie noch nie etwas anfangen können.

Für Lauras Logomax hatten sie nur Spott und Hohn übrig, den Turtle Donatello versteckten sie ununterbrochen irgendwoanders, bis Kevin, tränenüberströmt, ihn schließlich aus dem Briketteimer barg. Danach öffneten sie pausenlos die Ofenklappe und taten so, als schmissen sie etwas ins Feuer, was Kevin um seinen zweiten Spezi fürchten ließ, Raphael mit dem roten Stirnband.

Ich atmete auf, als Gottfried zum Aufbruch rief, und wir bedankten uns überschwenglich für die Einladung nach Weilerswist am Sonntag, dem 19. Dezember, zu einem Adventsfrühstück gegen zehn Uhr vormittags.

26. November, Freitag

Der Opa rief gestern an und erkundigte sich nach den Weihnachtswünschen seiner Enkelkinder, und ich beschied ihn auf Sonntag, weil wir darüber erst einmal ein Vorabgespräch führen müssen.

Das taten wir denn auch, und zwar heute beim Abendessen, und es stellte sich heraus, daß der Logomax gewisse Kreise zieht. Wenn Laura, so ließ unsere Tochter Katrin wissen, bereits zum Geburtstag ein derart teures Geschenk erhalten habe, so sehe sie ihrerseits nicht ein, daß sie mit kostspieligen Wünschen hinterm Berg halten soll. Sie hätte gern – nein, keinen PC und auch kein Moped, sie übe lieber zuweilen mit der Ente und warte mit allem Fahrbaren bis zum Führerschein – nein, sie hätte gern eine Nähmaschine, und zwar keinen Kinderkram, keinen Pippifax zum Wegschmeißen, sondern eine, die gerade bei ALDI im Angebot sei. Johanna habe gesagt, die sei für den Anfang sehr gut geeignet.

Gero und ich wechselten einen Blick und waren uns einig darüber, daß die Großeltern durch Wohnungskauf und Umzug zu belastet sind, um ihnen Wünsche dieser Art zuzumuten. Indessen versprachen wir, das ALDI-Angebot in wohlwollende Erwägung zu ziehen. Katrin, die sich dadurch bereits im Besitz einer Nähmaschine sieht, wünscht sich von den Großeltern sowohl Schnittmusterbogen als auch ein paar schöne Stoffe.

Laura hatte bereits alles entschieden: Von den Großeltern will sie ein Schachspiel mit Anleitungsbuch, von uns ein Heimfußballspiel. Ich atmete einmal tief durch und überließ Gero die Entscheidung.

Kevin haben die Mädchen ein Trampolin eingeredet,

zumindest bin ich sicher, daß die Idee nicht von ihm stammt. Aber er nahm sie begeistert auf. Sowie einen weiteren Turtle, am liebsten Leonardo, Farbe blau, eine Führernatur, die Sardellen auf der Pizza verabscheut, so wie Kevin.

Nachdem alles geklärt war, konnten wir den Großeltern die präzisen Angaben schon heute durchsagen und uns überlegen, wo in diesem überladenen Haus ein Trampolin stehen und ein Heimfußballspiel Platz finden soll.

1. Dezember, Mittwoch

Johanna hat in meinem Auftrag die Nähmaschine besorgt und wird sie bei sich zu Hause aufbewahren bis zum Vierundzwanzigsten. Desgleichen werden wir mit dem Trampolin und dem Fußballspiel verfahren, denn wenn schon jeder Überraschungseffekt dank der Festplanung unserer Kinder wegfällt, sollen sie wenigstens bis zum letzten Moment im Zweifel bleiben. Johanna kann auch die sperrigsten Sachen unterbringen, weil das Zimmer des Onkels jetzt leer ist und sie es erst im Frühjahr renovieren und für den jüngsten Sohn herrichten.

6. Dezember, Montag

Gestern stieg die Mütter-Baby-Fete bei Thea Albers, wobei Jonas vier Zähnchen aufweisen konnte, zwei oben, zwei unten, die ihm ein geradezu erwachsenes Aussehen gegenüber Erik, Rosi und Monika geben.

Dafür wächst Erik so schnell, daß man förmlich zusehen kann, und im Gegensatz zu Jonas, der mit seinem weichen dunklen Schopf leicht für ein Mädchen gehalten wird, ist Erik mit seinem schmalen Windhundgesichtchen ganz deutlich als Junge zu erkennen.

Rosi wird einmal das Ebenbild ihrer Mutter sein. Die Ähnlichkeit mit Lidia ist jetzt schon auffallend, und nicht nur deswegen, weil sie beide die gleiche Farbe tragen: Pastellblau wie ihre Augen.

Mit Monika, so kommt es mir vor, hat bei Albers eine neue Zeitrechnung begonnen. Vielleicht liegt es am Gleichgewicht der Geschlechter, das durch Monikas Auftreten hergestellt worden ist. Jedenfalls übt dieses kleine, mollige Mädchen einen wohltuenden Einfluß auf Theas Gesamtverhalten aus, das sich wiederum auf Tommy auswirkt.

Thea ist von beneidenswerter Ruhe und Gelassenheit, und Tommy – ich stelle es nur widerstrebend fest – ist zur Zeit weitaus manierlicher als mein Kevin, der zwischen Wehleidigkeit und Tobsuchtsanfällen hin und her schwankt.

Thea hatte, weil Nikolausabend war, Weckmänner für die Kinder bereit – ich hatte Kevin natürlich im Schlepptau, während die Mädchen zu Hause vorm Fernseher saßen und sich einen traurigen Film über das Leben der Ottern ansahen –, und in den Weckmännern steckten kleine weiße Tonpfeifen. Tommy ließ die Pfeife sehr gekonnt zwischen den Zähnen wippen, Kevin wollte es ihm gleichtun, aber sie fiel auf den Boden und zersprang. Er war so wütend darüber, daß er schreiend auf den Scherben herumtrampelte, wobei er vergaß, daß er nur Socken trug . . . Wir brauchten eine Viertelstunde, bis wir die Schnittstellen an seinen Füßchen verarztet und ihn so weit beruhigt hatten, daß er imstande war, dem Kinderprogramm im Fernsehen zu folgen. Es war ein Fiasko sondergleichen.

Später, als wir zum Wagen gingen, mußte er von Thea getragen werden, und genau da kamen der Nikolaus mit seiner hohen Bischofsmütze vorbei, der Hans Muff mit seinem rußgeschwärzten Gesicht und seinen klirrenden Ketten, sowie das Engelchen mit seinen fedrigen, steifen Flügeln. Kevin starrte schreckerfüllt um sich und rang nach Luft. Er brüllte noch, als wir zu Hause ankamen und ich Gero rufen mußte, um ihn ins Haus zu schleppen.

Die Mädchen befanden sich ebenfalls in Weltuntergangsstimmung. Der Ottermantel der Oma wurde in Acht und Bann geschlagen, der Beitritt zu einer militanten Tierschutzvereinigung erwogen, die Pelztiere aus ihren engen Käfigen befreit, und das Reizthema »Jagd« wieder einmal ausführlicher erörtert, als es Gero lieb sein konnte, obwohl er schon seit zwei Jahren auf diesem Gebiet nicht mehr aktiv ist.

Während ich meinen Jüngsten unter etlichen Störungen für die Nacht fertig machte, dachte ich an Birgit, die aufrichtig bedauert, daß Erik ohne Geschwister aufwächst.

Es ist ja nicht gesagt, daß dies so bleibt, meinte Thea. Alles im Leben hat seine Vor- und seine Nachteile, sagte Lidia philosophisch. Ich bin geneigt, ihr zuzustimmen.

9. Dezember, Donnerstag

Heute fand das große Plätzchen-Backfest statt, das ich hauptsächlich Kevin zuliebe veranstaltete. Er kann immer noch nicht auftreten und nervt mich maßlos.

Katrin führte Regie, die Laura ständig an sich zu reißen versuchte, der Hund überfraß sich an Teigresten, die Kevin vom Tisch fallen ließ, draußen ging ein Schneeregenschauer nach dem andern nieder, so daß wir den armen Cromwell nicht hinauslassen konnten, jedenfalls nicht lange und nicht ausgiebig genug. Er litt den ganzen Abend schwer, und ich mit ihm, und Gero konnte ihn mir nicht abnehmen, weil er bei der Weihnachtsfeier vom Kohlensäurewerk war.

Fertiggestellt wurden trotz aller Widrigkeiten: Zimtsterne, Kokosmakronen, Honigkuchen und jede Menge Phantasiegebilde aus Mürbeteig. Der Duft durchzieht das Haus und erfüllt mich mit Befriedigung. Wenn bei uns auch nur ein Bruchteil der in Kaltenborn und Umgebung üblichen Menge und Vielfalt gebacken worden ist, so kann doch jeder riechen, daß wir die Landessitte geachtet haben.

19. Dezember, Sonntag

Um halb neun – es war noch stockfinster – verließen wir mit Papierwindeln im Kofferraum, den Hund zu unseren Füßen und allen vier Kindern im Rücksitz das nebelverhangene Kaltenborn in Richtung Autobahn Köln.

Jonas in seiner Tragetasche thronte auf Katrins Knien, Kevin und Laura zankten sich um jeden Zentimeter Sitzfläche, Gero stieß sich fast die Stirn an der Scheibe, um den dichten Nebel zu durchdringen, und ich balancierte eine vierstöckige Weihnachtspyramide auf dem Schoß, sechzig Zentimeter hoch, Naturholz, handgeschnitzt, handbemalt, und nicht etwa aus Taiwan, sondern aus deutschen Landen.

Nachdem Gero sich auf die Autobahn getastet und uns beschworen hatte, auf die Abfahrtsschilder zu achten, wünschte Katrin, den Platz mit mir zu tauschen. Ihr sei in letzter Zeit auf dem Rücksitz immer schlecht geworden, und auch jetzt . . .

Gero fluchte laut und ungehemmt, bis er einen Rastplatz entdeckte. Ich übergab Katrin die Pyramide, und sie mir die Tragetasche, ich quetschte mich zwischen Laura und Kevin, und Gero fragte drohend: »Ist sonst noch was? Ich halte nämlich jetzt nicht mehr vor Weilerswist.«

In allerletzter Minute entschied sich Kevin für Pipi, dann konnte es weitergehen.

Als wir kurz nach zehn Uhr das Haus der Lichters gefunden hatten, wankte Katrin bleich und würgend bis zum Gartenzaun. Ihr war auch auf dem Vordersitz die ganze Zeit speiübel gewesen, aber sie hatte es nicht mehr erwähnen wollen. Gero sagte, er verstehe das nicht. Im selben Wagen wären sie schließlich bis an die Nordsee gefahren und zurück, ohne daß er irgendwelche Klagen gehört hätte.

Anschließend wurden wir für alle Unbilden reichlich belohnt. Sämtliche Zwillinge stürzten uns entgegen, Antje in einem festlichen knöchellangen Dirndl und Gottfried in einem schicken schwarzen Steirer-Anzug kamen zur Begrüßung heraus und lotsten uns durch einen seitlichen Treppenaufgang in die Wohnung, die über sechs Garagen liegt und eine riesige Terrasse hat. Sie ist eine Offenbarung, diese Wohnung, im Hinblick auf Größe, Grundriß und Einrichtung.

Gottfried fragte eingangs: »Wer fährt zurück?« Und Gero erwiderte: »Bea.« Woraufhin er von Gottfried an die Bar geführt wurde. Wir tummelten uns inzwischen durch sämtliche Räume, und nirgendwo stieß ich an eine überladene Kommode, nirgendwo fühlte ich mich so beengt wie in unserem Eingangsflur, und nirgendwo zog es durchs Fenster. Überall herrschte die gleiche angenehme Raumtemperatur, und bis auf die kleinen Schmutzspuren, die Cromwell hinterlassen hatte, glänzte der Parkettboden matt und makellos. Es gibt einen großen und einen kleinen Flur, beide sind mit Einbauschränken versehen, und außer einem luxuriösen, in Erdfarben gehaltenen Bad mit zwei Waschtischen gibt es zwei Duschen und zusätzlich eine Gästetoilette. Himmel, sagte ich zu Antje, ich habe nicht gewußt, daß man so etwas mieten kann!

Die Küche ist ein Traum aus Holz und Bleiglasfronten, mokkabraun gefliesten Arbeitsflächen und einer zwei Meter breiten Schiebetür zur Terrasse, die sommers natürlich offensteht. Aber selbst jetzt im Dezember sieht die Terrasse wunderschön aus mit immergrünen Kübelpflanzen und kleinen Tannen voller Lichterketten.

Ja, die Wohnung sei optimal, gab Antje zu, die Lage weniger, mit all den Lagerhäusern und Bahngebäuden in der Nähe. Aber sie wolle nicht klagen. In Köln habe sie längst nicht so geräumig gewohnt.

Beim Frühstück, das am langen Refektoriumstisch (Erbstück von Gottfrieds Großeltern) im Wohnraum serviert wurde, fehlte nichts, weder der Prager Schinken noch die echte Brühe in kleinen Tassen, weder der Christstollen noch die backfrischen Brötchen, weder die Orangenmarmelade noch die Käseplatte. Es war die üppigste Mahlzeit, die man sich vorstellen kann, und wir genossen sie drei Stunden lang mit immer wieder frischgebrühtem Kaffee, einem Gläschen Obstler zwischendurch und natürlich dem von Gottfried gebrauten, gepflegten Bierchen.

Gero war überwältigt. Cromwell schlief vor dem Kamin. Jonas strampelte vergnügt auf Antjes oder meinem Schoß. Die Kinder kamen und gingen, es herrschte Frieden und Eintracht, nicht einmal Kevin machte Sperenzien. Olaf und Mark überließen ihm großzügig ihre sämtlichen Spielsachen, die Mädchen flochten sich gegenseitig Bauernzöpfe und inspizierten mit kleinen, spitzen Entzükkensschreien die Kleiderschränke. Gegen zwei Uhr mittags, als wir uns verabschiedeten, waren feste Termine für einen Januarbesuch bei uns verabredet worden.

Auf der Heimfahrt lehnte Katrin blaß und still im Vordersitz. Zu Hause angekommen, hatte sie achtunddreißig Grad Fieber. Das Feuer in unserem Kachelofen glimmte nur noch schwach. Jonas quengelte ununterbrochen. Gero legte sich sofort ins Bett, um seinen Rausch auszuschlafen und alldem zu entgehen, das mich bis zum Abend auf Trab hielt.

Erstmals im Leben habe ich mich dabei ertappt, meine Freundin Antje zu beneiden.

21. Dezember, Dienstag

Die Sache geht mir nach, ich meine Weilerswist und den gravierenden Unterschied zwischen Antjes Heimstatt und der meinigen. Zahlenmäßig, was die Kinder angeht, hat sie inzwischen gleichgezogen, ich könnte mich also höchstens noch damit herausreden, daß Kevin erst vier und Jonas noch ein Baby ist. Was in diesem Zusammenhang jedoch auch nicht zählt, denn Olaf und Mark dürften aufreibender sein als meine beiden Kleinen.

Wahrscheinlich liegt es daran, daß ein Landhaushalt nicht vergleichbar ist einem Stadthaushalt und ein altes Forsthaus mit Kachelofen andere Anforderungen an die Bewohner (hauptsächlich die Hausfrau) stellt als eine zentralgeheizte Wohnung auf einer Ebene. Ich zerfranse mich ja bereits mit der Wäsche zwischen Kellerräumen und erstem Stock, das heißt, ich lebe um diese Jahreszeit weitgehend im Treppenhaus.

Trotzdem: Bei Antje ist alles gepflegt, was sich irgend pflegen läßt, und wenn ich mir unsere Terrasse betrachte, auf der jeder seine dreckigen Gummistiefel abstellt, wo sich statt immergrüner Kübelpflanzen die leeren Getränkekisten stapeln und zerbrochene Klappstühle auf den Sperrmüll warten, dann gibt mir das zu denken.

27. Dezember, Montag

Dafür, daß ich seit dem Besuch in Weilerswist mit Gott und der Welt und vor allem mit Kaltenborn und mit mir selbst unzufrieden bin, dafür, daß unsere Katrin sich am zweiundzwanzigsten mit einer Grippe ins Bett legte und Kevin ununterbrochen schnauft und hustet und mit einer Triefnase herumläuft – dafür also, daß die Zeichen denkbar schlecht standen, verlief das Weihnachtsfest besser als erwartet. Mit einigen Abstrichen kann man es sogar als rundherum gelungen bezeichnen.

Mein kleiner Jonas wippte aufgeregt auf meinem Arm auf und nieder angesichts der deckenhohen Tanne im Glanz der vielen Lichterketten, er zwinkerte verwirrt, als Gero und Kevin die Wunderkerzen abbrennen ließen, und er kaute hingebungsvoll auf dem Honigkuchenstück herum, das wir ihm genehmigten. Da Katrin meist im Bett lag und sich auf mein Flehen (Jonas zuliebe) auch sonst sehr zurückhielt, stand Laura spürbar im Vordergrund. Ausnahmsweise wurde ihr temperamentvoller Einsatz von allen Seiten gewürdigt. Sie hatte sich nicht nur um den Weihnachtsbaum und die Krippe verdient gemacht, sondern auch an allen Tagen zu allen Mahlzeiten den Tischdienst übernommen. Zwar räumte sie die Teller ab, kaum daß sie leer waren, knallte das Geschirr klirrend auf die Spüle und schrie mit jedem herum, der sich nicht die Schuhe erstens auf dem Rost vor der Haustür und zweitens auf der Matte im Flur abtrat, wobei sie deftige Ausdrücke wie »Sauerei« benutzte, egal ob es sich um Kevin oder Pater Ansgar handelte.

Aber sie war eine echte Hilfe, und es tat ihr wohl, im Mittelpunkt zu stehen mitsamt ihrem Fußballspiel, um das sich alle Männer scharten, ob groß oder klein.

Wir hatten Gans am ersten Feiertag und ein bescheidenes Reste-Essen am zweiten, weil alle vor Übersättigung stöhnten und des miesen Wetters wegen keine langen Verdauungsspaziergänge unternommen werden konnten.

Katrin hat kein Fieber mehr, aber sie ist immer noch schlapp und wackelig auf den Beinen. Sie hat drei Pfund abgenommen, sieht gespenstisch aus und läßt immer noch jeden gesunden Appetit vermissen.

Die Großeltern wohnen bequem im Landhaus, studieren den Wohnungsgrundriß und halten sich von der zugigen, naßkalten Baustelle tunlichst fern.

Aber Gero und ich haben uns kürzlich dort aufgehalten, im Anschluß an den Hochzeitsempfang des jungen Paares Solms-Grottenvogel im Kyllsteiner Dolomit-Hotel. Meiner unmaßgeblichen Meinung nach hat sich im Rohbau an der Brückenstraße seit unserem letzten Besuch überhaupt nichts geändert, und es war natürlich kein einziger Handwerker zu sehen.

Neujahr, Samstag

Von den einhundertsiebenundzwanzig Millionen Mark, die in Deutschland für Silvesterknallerei ausgegeben worden sind, entfallen auf Kaltenborn keine fünfzig. Der Herr Pastor, im Verein mit Pater Ansgar, hat schon während der Weihnachtsmessen unermüdlich zum Verzicht auf Kracher und Raketen aufgerufen und statt dessen für die Aktion »Leuchtfeuer« geworben, die, von der Feuerwehr und der Bundeswehr unterstützt, drei Einsätze ins russische Erdbebengebiet fährt.

Man kann den Kaltenbornern nicht nachsagen, daß sie uneinsichtig und unbelehrbar sind – ganz im Gegenteil. Einen fruchtbareren Boden hat das Saatkorn der Vernunft wohl nie gefunden. Oma und Opa frohlocken bei dem Gedanken, von nun an dem Mainzer Silvester-Inferno für immer entflohen zu sein. Mit einer gewissen Feierlichkeit wurde der neue Kalender (Marke Kreiskasse, mit 12 Kunstdrucken von Eifelbildern berühmter Maler) aufgehängt und die wichtigsten Daten des neuen Jahres verinnerlicht, als da sind: die Osterferien vom 21. 3. bis 9. 4., die Sommerferien vom 30. 6. bis 10. 8. und natürlich Rosenmontag am 14. Februar. (Dann sind wir weg, sagt Gero, der Optimist!)

Zu den Vorsätzen, die ich meistens um diese Zeit fasse und nie halte, gehört der Entschluß, etwas für mich zu tun.

Ich meine: für mich. Für mein Haar, meine Figur, meine Garderobe. Und zwar in erster Linie, jetzt, sofort, auf der Stelle, bevor wieder alles für die Maler und die Tapeten draufgeht, für Pflanzenkübel und neue Zähne und – Gott behüte, ich darf gar nicht daran denken – eine Dachreparatur.

5. Januar, Mittwoch

Ich lese meine löblichen Vorsätze und stelle fest: das Wichtigste habe ich mal wieder vergessen, beziehungsweise verdrängt. Der erste Punkt auf meiner Ego-Tagesordnung ist nicht die Brigitte-Diät, nicht die neueste Schnittechnik im Frisörsalon, nicht das Frühjahrsmodell in der Boutique »Marina« am Kyllsteiner Marktplatz. Nein. Die erste Telefonnummer, die ich im neuen Jahr wählte, war die von Doktor Weinschrot, und zwar nicht die private, sondern die seiner Praxis. Und wahrlich, ich hatte es eilig, ihn zu sehen, ich konnte es kaum erwarten, in seinem Marterstuhl Platz zu nehmen, denn mein ganzer

Kopf dröhnte vor Zahnschmerzen. Wir hätten, meinte Doktor Weinschrot, uns schon längst treffen sollen. Schwangerschaften nagten nun einmal am Zahnbestand, und abgesehen davon seien jährliche Kontrollen durchaus kein Luxus. Ungefähr jeder zweite Zahn in meinem Oberkiefer müsse behandelt werden. Er ließ mir gleich ein halbes Dutzend Termine verpassen. Sie reichten bis weit in den Februar hinein. Aber darüber kann ich im Moment nicht nachdenken. Die Wurzelbehandlung, die er mir angedeihen läßt, verscheucht jeden Gedanken an irgend etwas außer Aspirin.

9. Januar, Sonntag

Mit ihrem unfehlbaren Instinkt für den falschen Augenblick rief gestern abend Carla an. Ich kam gerade von einer Sondersitzung bei Doktor Weinschrot, den ich auf Knien gebeten hatte, dem Schrecken ein Ende zu machen und den verdammten Zahn zu ziehen. Er tat es. Vermutlich wegen der Herrenrunde, die in seinem Kaminzimmer saß. Schließlich war Samstagnachmittag, und er wollte sich das Wochenende nicht gänzlich von mir verderben lassen. (Wozu ich durchaus fähig gewesen wäre!)

Carla also meldete sich aus der fernen Toskana, um ihre Neujahrswünsche loszuwerden und nachzufragen, ob die Geschenke für Jonas, die sie Tante Irmi mitgegeben habe – ich kam nicht dazu, mich dahingehend zu äußern, daß wir schon froh wären, sie zu Jonas Konfirmation auspacken zu können. Gott sei Dank – Gero war am Apparat, und da blieb er auch, obwohl ich gerade zur Tür hereingewankt kam, ein Taschentuch vorm Mund, in der anderen Hand eine Flasche Desinfektionsspülung, eine Gesichtshälfte taub und verzerrt von den Spritzen, die mir Doktor Weinschrot verpaßt hatte. Doch, hörte ich Gero im Beschwichtigungston raunen, doch, ganz bestimmt würden wir uns alle in diesem Jahr wiedersehen, wenn nicht zu Katrins Konfirmation, dann eben im Sommer in der Toskana. Ja, sie solle den Grappa schon mal horten. Hahaha! Nein, meine arme, alte Mutter sei uns keineswegs total entrückt, ihr Rheuma gehe uns sehr zu Herzen und selbstverständlich hätten wir gemeinsam geschrieben und auch ein Päckchen geschickt! Wann? Na, vermutlich irgendwann im Dezember.

Leider sei ich nicht ganz auf dem Posten, das vergangene Jahr habe deutlich an meinen Kräften gezehrt. Augenblicklich verbrächte ich mehr Zeit mit dem Zahnarzt als mit ihm – ja, ehrlich. Hahaha!

Heute morgen, als ich zwar eine geschwollene Backe hatte, aber wenigstens wieder sprechen konnte, fragte ich Gero, ob er das mit der Toskana im Sommer ernst gemeint habe, und er sagte ja, klipp und klar. Schon meiner Mutter wegen müßten wir hinfahren. Bis dahin sei Jonas ein Jahr alt, also aus dem Gröbsten, und der Opa wohne dann ja in Kyllstein und werde sich bestimmt mit Freuden Cromwells und der Ponys annehmen. Ich nickte stumm, um meinen Oberkiefer nicht unnötig zu malträtieren. Aber ich frage mich im stillen, wie alt ein Mann werden muß, um den Tatsachen des Lebens ins Auge zu sehen. Gero zum Beispiel, vierfacher Vater, der er ist, weiß immer noch nicht, daß bei einem einjährigen Kind das Gröbste nicht abgehakt ist, sondern ganz im Gegenteil gerade erst anfängt. Aber sei's drum!

Mit allem, was meine Mutter betrifft, hat er recht. Nur –

das Päckchen nach Italien ist bereits Ende November auf den Weg gebracht worden. Allmählich könnte es doch die Hügel der Toskana erreicht haben!

13. Januar, Donnerstag

Den ganzen November hatten wir Schneeregen und Matsch und eine Temperatur, die ich mehr hasse als jede andere: um null Grad. Der Dezember ließ sich an wie ein einziger langer Frühlingstag, mit Nebel, Dunst und gelegentlichem Sonnenschein.

Jetzt haben wir Schnee. Tonnenweise. Die Frage, wer den Eingang freischaufelt und den Bürgersteig begehbar macht, beantwortet sich ausnahmsweise nicht von selbst, das heißt: Ich falle aus, mit mir ist nicht zu rechnen. Ich lebe ganz für meine Mundpflege, binde mir einen Wollschal vors Gesicht, wenn ich das Haus verlasse, und bin mit Doktor Weinschrot schon fast per du, so oft sehen wir uns.

Die Kinder haben die Schlitten aus dem Keller geholt, die stumpfen Kufen abgerieben und zutiefst bedauert, sich zu Weihnachten keine Skier oder wenigstens Schneekleider gewünscht zu haben. (Ich stelle mich taub, und stumm bin ich weitgehend sowieso.)

Auch habe ich Kevin strikt verboten, auf den Hang gegenüber unserem Bach rodeln zu gehen, weil sich dort die Halbwüchsigen herumtreiben, angeführt von Manni, dem Walroß.

Ich kann mir nicht vorstellen, daß sie Rücksicht auf zwei Knirpse wie Tommy und Kevin nähmen.

Vorgestern wollte ich Katrin einen Gefallen tun und sie

nachmittags von der Turnstunde abholen, nachdem ich mit Laura beim Optiker war. Wir warteten im Wagen, Laura und ich, zunehmend nervös, denn Johanna, die mich zu Hause vertrat, hatte noch einen Großeinkauf auf dem Programm.

Die Mädchen aus Katrins Klasse schlidderten bereits die Wege hinunter, als ich Laura hineinschickte, um nach Katrin zu suchen. Sie ging und kam nicht wieder.

Gegen halb fünf wuchtete ich mich die schneeglatte Außentreppe zum Gymnasium hinauf, verlief mich hoffnungslos in den Gängen und fand um fünf Uhr meine älteste Tochter mit einem Arm voll loser Blätter in einem büroähnlichen Raum, wo sie ein Kopiergerät zu bedienen begann, während ihre Schwester, in ein Wortgefecht mit einem strähnenhaarigen Jüngling verstrickt, an einer Landkarte lehnte.

Katrin, so erfuhr ich, habe noch mindestens eine halbe Stunde lang zu tun, und zwar in ihrer Eigenschaft als rechte Hand des Lateinlehrers Henry Köster. Laura indessen war bereit, ihre Diskussion jäh zu beenden und mir nach Hause zu folgen. »Fahrt nur schon«, sagte Katrin zerstreut und wedelte uns mit den Blättern förmlich weg.

Ich stampfte hinaus, rutschte prompt auf der Treppe aus, schwor mir und meiner Tochter, sie nie mehr abzuholen, fragte Laura, wer der Strähnenhaarige gewesen sei und was sie mit ihm am Hut habe, und erfuhr, daß es der Schülersprecher der Unterstufe war, dem sie endlich mal auf die Sprünge geholfen und auf seine Pflichten hingewiesen habe. Statt den Lehrern hintenrein zu kriechen (Originalton Laura), sollte er sich für einen Ordnungsdienst im Aufenthaltsraum einsetzen, für den Verkauf von heißen Getränken während der großen Pause und für die gemeinsame Planung der Wandertage. Es sei nicht einzusehen, daß man alljährlich den gleichen langweiligen Ausflug mache, nur weil keine besseren Vorschläge eingeholt würden.

Katrin kam gegen halb sieben mit leuchtenden Augen und einem geschäftsmäßigen Gebaren, als sei sie soeben als Sekretärin engagiert worden. Henry, auf dem Weg zu seiner neuen Heimstatt im Nachbardorf Fenningen, hatte sie gebracht.

»Und sagt jetzt bloß nicht, er sei ein Fremder, zu dem ich nicht ins Auto steigen darf«, rief sie, bevor wir uns diesbezüglich äußern konnten. Gero zuckte die Achseln. Ich verkniff mir, immer noch im Hinblick auf mein wundes Mundwerk, jeden Kommentar. Aber bei nächster sich bietender Gelegenheit werde ich alles nachholen.

Inzwischen bin ich gespannt auf die Zeugnisse, die es aus gnädigen, psychologischen Gründen nun nicht mehr vor Weihnachten gibt, sondern erst im Laufe des mit Unannehmlichkeiten wie Haus-, Tier- und Autoversicherungen reichlich gesegneten Monats Januar.

Antje, die sich rührend oft nach meinem Ergehen erkundigte und mir alle Zahnprobleme nachfühlen konnte (sie hat sich den Herbst damit vertrieben, zwei Brücken und ein paar Jackettkronen anzuschaffen, und zwar solcher Art, daß man von einer Teilprothese sprechen müßte, wenn das Wort sie nicht schaudern ließe), Antje also hat von sich aus den großen Kindertreff im Januar abgeblasen. Olaf und Mark waren ebenso wie Katrin über Weihnachten vergrippt, die Mädchen erwischte es erst kurz nach Neujahr.

Wir fanden überhaupt und in seltener Übereinstimmung, daß sich die Jahreszeit für das Treffen einer ganzen Horde nicht besonders eignet. Sie wollen lieber die Osterferien ins Auge fassen, sich dann in Kyllstein für ein paar Tage einquartieren und mit uns gemeinsam eine paar Eifelausflüge machen, Maare, Hohes Venn, diverse Wildparks.

16. Januar, Sonntag

Heute nachmittag fuhren Thea und ich mit den Babys nach Kyllstein zu Birgit. Wir nahmen den Firmenwagen, holten Lidia und Rosi ab und hatten Mühe, die Torten sicher unterzubringen, die jede von uns gestiftet hatte.

Angesichts der bescheidenen Anderthalb-Zimmer-Wohnung, die Birgit bereits wie der Himmel auf Erden erscheint, löste sich der Rest meiner Unzufriedenheitsgefühle in Luft auf. Wenn sie den Kinderwagen auch nur mal eine halbe Stunde im Hausflur stehenläßt, kriegt sie gleich einen Anruf von den Mietern im Parterre, daß der Wagen in den Keller gehöre, und als Erik neulich krank war und nachts schrie, haben die Leute nebenan an die Wand geklopft. Die gleichen Leute übrigens, deren Stereoanlage Tag und Nacht auf Hochtouren läuft. Auch wir kamen in den Genuß eines nachbarlichen Rockkonzerts.

Lidia meinte sehr richtig, daß man draußen auf den Dörfern kinderfreundlicher lebe, und sie bot Birgit an, sich für sie in Büsch nach einer netten Bleibe umzusehen. Falls Birgit wieder arbeiten gehen wolle, könne sie Erik unbesorgt bei ihr lassen, fügte Lidia ohne zu zögern hinzu, es seien immer genug Frauen im Haus, die gern auf kleine Kinder aufpaßten. Wenn alles gutgehe, komme ihre Schwester aus Kasachstan mit Oma und zwei Kleinkindern im Frühjahr herüber, die ganze Familie freue sich unbändig und habe bereits alle Vorkehrungen für ein bequemes Unterkommen getroffen, nämlich die beiden Dachkammern frisch geweißt.

Ihre Schwester habe geschrieben, erzählte Lidia, die Oma sehe der alten deutschen Heimat mit Spannung und Rührung entgegen, aber alles, was man ihr erzähle, glaube sie auch wieder nicht, zum Beispiel, daß man mit einem Handgriff warmes Wasser aus der Wand fließen lassen könne.

Auf der Heimfahrt, als wir Lidia und Rosi abgesetzt hatten, sahen wir uns an, Thea und ich, und gestanden uns beschämt ein, daß keiner von uns das Angebot in den Sinn gekommen wäre, den kleinen Erik zu nehmen, wenn Birgit wieder arbeiten geht. Ebensowenig wie wir auf die Idee kämen, unsere Speicherräume zu weißen, um zwei Erwachsene und zwei Kleinkinder darin aufzunehmen.

Wir stimmten darin überein, unflexibel, spießbürgerlich und unsozial zu sein, unfähig, über den Tellerrand zu blikken, Sklaven unserer Gewohnheiten, gefangen im engen Kreisdenken der mitteleuropäischen Kleinfamilie. Es wäre den Hammerschmieds zu wünschen, daß sie sich ihre Großherzigkeit bewahren und keine Anpassung um jeden Preis suchen.

21. Januar, Freitag

Normalerweise achte ich nicht besonders auf Zwischenzeugnisse, wenn kein Schulübertritt zu erwarten ist.

Diesmal interessierten mich Lauras Noten, weil mir nicht klar war, ob und wie fest sie im Gymnasium Fuß gefaßt hat. Katrin mit ihrer Schwäche für den Lateinlehrer, die sich möglicherweise negativ auf ihre anderen Fächer auswirkt, interessierte mich ebenfalls.

Nun, was Laura angeht, so brauche ich mir fürs erste keine Sorgen zu machen. Der Notendurchschnitt liegt mit 2,9 über allen Werten, an die sie mich während ihrer dornenreichen Grundschulzeit gewöhnt hatte.

Katrin dagegen wartete mit einer schwachen Drei in Englisch auf, und in Deutsch hatte sie auch nicht mehr zu bieten. Nur die Mathe- und Lateinnoten konnten sich sehen lassen. Nebenfächer mittelprächtig.

Englisch werden wir wieder mal gemeinsam üben müssen. Wie schnell sie abrutscht, weiß ich aus der Erfahrung des ersten Jahres.

Was mich am meisten fuchst: Die Nähmaschine steht unberührt, die hübschen Stoffe lagern im Schrank. (Aber anderer Leute Arbeit machen, stundenlang, Texte kopieren und so weiter, das ja, das hat Vorrang.) Die Frage ist nur: Soll ich mir ungehemmt Luft machen, oder wäre das ein pädagogischer Fehltritt? Man weiß ja nie . . .

24. Januar, Montag

Der Tag begann damit, daß meine Ente nicht ansprang und ich Thea bitten mußte, Kevin abzuholen und in den Kindergarten zu bringen. Die Frage, ob es die Kälte war, die meinem französischen Vehikel zusetzte, oder die Batterie, die leer war, beschäftigte mich ungebührlich lange.

Jonas, der sonst nichts übelnimmt, zeigte sich ausnahmsweise ungnädig, weil unser beider Vormittagsritual – Baden, Füttern, Vögelchen auf dem Fensterbrett betrachten, Cromwell auf die Terrasse folgen, Mamis Haare zausen, Mamis Nase zuhalten – mit einer halben Stunde Verspätung begann und dann auch noch durch einen Anruf von Gero unterbrochen wurde. Er habe gerade ein Ferienhaus in Südspanien angeboten bekommen, sagte Gero, was ich davon hielte. Jonas schrie so jämmerlich, daß ich mich nicht äußern konnte und meine Antwort auf später verschieben wollte. Aber Gero bestand auf einem prinzipiellen Ja oder Nein, und ich sagte ja, um ihn nicht auch noch zu verprellen.

Das Mittagessen verlief in drei Etappen: erst Kevin und ich, dann Laura und kurz vor zwei Uhr Katrin, mit der ich mich um drei Uhr widerwillig zum englischen Vokabeltest an den Küchentisch setzte. Kaum hatten wir angefangen, klingelte es wie wild an der Haustür. Jonas, der endlich eingeschlafen war, wachte prompt wieder auf, Kevin hängte sich an die Klinke. Draußen standen Claudio und Ralfi in dicken Schneeanzügen, Schlittenseile in den Händen, um Kevin zum Rodeln abzuholen.

Laura half ihm in Anzug und Stiefel, zog ihm Handschuhe an und holte den Schlitten aus dem Keller.

Ich rief ihnen nach, sie sollten um Gottes willen in der Nähe bleiben, lief nach oben, um Jonas zu beruhigen, was mir nicht gelang, und so saßen wir schließlich alle um den Küchentisch und artikulierten englische Vokabeln. Jonas lallte eifrig mit.

Jetzt im Winter, wenn Bäume und Hecken unbelaubt sind, kann man weiter sehen als sonst, und so blieben uns die roten, grünen und blauen Punkte nicht verborgen, die sich den Hang jenseits des Baches im Zeitlupentempo hinaufbewegten.

Der rote war Claudio, der grüne Ralfi, der himmelblaue Kevin. Mit nachtwandlerischer Sicherheit strebten sie das wüste Knäuel an, das sich auflöste und immer wieder neu bildete, um den Hang vollends unsicher zu machen. Ich tippte auf Manni und Konsorten, befahl Laura, das Fernglas zu holen und die Szene zu beobachten.

Diese Hänge, von Natur aus steil, sind nach zwei Wochen Rodeln spiegelglatt. Es kam denn auch, wie es kommen mußte, und zwar schnell. Kaum hatten die Knirpse die Höhe erreicht und sich auf ihre Schlitten gesetzt, als sie bereits in rasender Fahrt abwärts trudelten, unfähig, zu bremsen oder gar anzuhalten. Kevin war der erste, der kopfüber in den Bach flog, dicht gefolgt von Claudio. Nur Ralfi hatte ausscheren können und steckte in einer Schneewehe.

Laura stieß einen ohrenbetäubenden Schrei aus, Katrin schnappte sich das Fernglas und keuchte: »O mein Gott, ja, los, los, macht schnell!«

Das war für mich das Stichwort. Ich rannte die Treppe hinauf, legte Jonas ins Bettchen, zog mir den Anorak über, wies Katrin an, bei Claudios und Ralfis Eltern anzurufen, und schickte ein Stoßgebet zum Himmel, daß die Ente anspringen möge. Ich wurde erhört. Laura sprang auf den Beifahrersitz, wir rollten zu Tal, dann den schmalen Weg hangaufwärts, soweit es eben ging, stiegen aus und liefen den Jungen entgegen, die den triefnassen Kevin trugen. Einer von ihnen war Manni, das Walroß. Wie ich später hörte, war er es, der sowohl Kevin als auch Claudio aus dem Bach gezogen hat.

Wir packten Kevin in die Ente, seinen Schlitten in den

Kofferraum, sahen Claudios großen Bruder mit einem Jeep herandonnern, warteten, bis er Claudio und Ralfi eingeladen hatte, und fuhren langsam hinter ihm her bis zur Kurve, dann nach Hause. Kevin schniefte, schnaubte, nieste, wurde unverzüglich in ein warmes Bad gesetzt, abfrottiert, mit Zitronentee abgefüllt und in Decken gehüllt aufs Sofa gelegt. Er war so geschockt, daß sich jedes Wort erübrigte. Selbst Laura, der eine ganze Schimpfkanonade auf der Zunge lag, sagte nur: »Siehst du, Kevin, das kommt davon, wenn man nicht auf Mami hört!«

Und Katrin fragte streng: »Wirst du wohl nie mehr an den Hang rodeln gehen?« Kevin schüttelte stumm den Kopf und verbarg das Gesicht an meiner Brust.

Irgendwann rief Gero an und sagte frohlockend: »Es klappt!« Ich wußte nicht, wovon er sprach. Ich zerbrach mir gerade fieberhaft den Kopf darüber, wie ich dem Walroß meine Dankbarkeit bezeugen konnte, und kämpfte mit dem Entschluß, Frau Doktor anzurufen, vorsichtshalber, um nichts zu versäumen, falls Kevins Unterkühlung ärztliche Hilfe erforderte, aber wir hatten ihn abgerieben, bis er krebsrot war, und er bewegte sich ganz normal.

»Jetzt buche ich nur noch die Flüge«, hörte ich Gero frohgemut sagen, und bevor ich ihm auch nur andeutungsweise erklären konnte, was passiert war, hatte er schon aufgelegt.

Als mir dämmerte, daß er unseren Urlaub gemeint hatte, bekam ich weiche Knie. Ich mußte mich am Treppengeländer festhalten. Wann, um Gottes willen? Und wie? Wie sollte ich verreisen? Es ist unmöglich. Wir haben doch überhaupt keine Vorkehrungen getroffen!

»Natürlich haben wir das«, sagte Gero, als er für eine Stunde zum Abendessen nach Hause kam, um anschließend gleich wieder zu verschwinden, weil ihn die gesellschaftliche Pflicht in Gestalt des Karnevalvereins rief. Natürlich hätten wir vorgesorgt! Die Großeltern säßen doch schon in den Startlöchern, um uns zu vertreten und den Fortgang der Bauarbeiten zu kontrollieren, und ich solle mir doch jetzt nicht die Wundermütze aufsetzen, schließlich wäre unser Kurzurlaub im Februar seit Jahren so sicher wie das Amen in der Kirche! Obwohl ich – und auch das gehört gewissermaßen schon zur Tradition – jedes Jahr im letzten Moment das gleiche Theater mache . . .

26. Januar, Mittwoch

Es hilft kein Gott: Wir fliegen am Donnerstag, den 10. Februar nach Malaga und kommen am Mittwoch, den 23. zurück. Aber einen Teilsieg habe ich errungen: Wir nehmen Jonas mit. Warum? Weil wir nicht acht Tage weg sind, nicht zehn Tage, sondern dreizehn Tage. Das nenne ich einen ausgewachsenen Urlaub. Von einem Kurztrip kann da keine Rede mehr sein.

Wenn die Großeltern mit Johannas tatkräftiger Unterstützung überhaupt so lange über die Runden kommen sollen, dann nur ohne einen Säugling.

Die Oma, der ich dies gestern telefonisch mitteilte, atmete hörbar auf.

Die Mädchen sind angewiesen, ihre Zimmer allein in Ordnung zu halten, ihre Wäsche vorzusortieren, die Spülmaschine ein- und auszuräumen. Die Oma wird Besorgungslisten anlegen, der Opa und Johanna werden sich in die Einkaufsfahrten teilen. Es muß eben gehen.

Es ist schließlich immer gegangen, gut gegangen sogar. Warum nicht dieses Jahr?

Weil die Oma älter und klappriger geworden ist. Weil wir länger bleiben als sonst.

Hör auf mit dem Frage- und Antwortspiel, Bea Sonnemann, und konzentriere dich aufs Wesentliche. Du hast nur noch zwei Wochen!

7. Februar, Montag

Ausnahmsweise bin ich gestern an meinem Geburtstag greifbar gewesen. Ansonsten habe ich mich um diese Zeit bereits im sonnigen Süden befunden, außerhalb jeder Reichweite.

So aber mußten sich die Kinder etwas einfallen lassen, was ihnen eingestandenermaßen schwerfiel. Es lief schließlich auf eine Beuteltasche hinaus, von Katrin auf der Maschine genäht, einer lautstarken Klage Lauras über das karg bemessene Taschengeld, das keinen Spielraum für lebenswichtige Dinge läßt, beispielsweise ein nennenswertes Geschenk für Mami (sie hat sich zehn Mark von Johanna geliehen und ihr gesamtes Februareinkommen geopfert, um mir ein Seidentuch in meinen derzeitigen Lieblingsfarben zu kaufen: dunkelblau-weiß-rot), sowie einen buntbemalten Blumentopf von Kevin, eigenhändig bepflanzt mit einem Efeuableger.

Die Großeltern schickten einen Gutschein für die Boutique Marina, Gero behielt sich vor, in Südspanien etwas Exotisches zu suchen.

Von Antje bekam ich ein Jahreshoroskop, sieben engbedruckte DIN-A-4-Seiten lang, das außer mir schon jeder gelesen hat, der in meiner Familie lesen kann, nur ich bin noch nicht dazugekommen. Ich habe es als Urlaubslektüre vorgesehen.

Aus Italien kam pünktlich auf den Tag ein »alternativer Reiseführer Toskana« als Wink mit dem Zaunpfahl, in welchem nicht nur die verborgenen Schätze und Sehenswürdigkeiten der Region aufgeführt sind, sondern auch eine Reihe einheimischer Gewürze, Kräuter und Rezepte. Dazu handschriftliche Grüße meiner Schwester, meines Schwagers Nino, meiner Nichte Lea und die Versicherung meiner Mutter, im Mai zu Katrins Konfirmation hier zu sein.

Johanna hat mir eine Schwarzwälder Kirschtorte gebacken, dreischichtig, mit Kirschwasser gut durchtränkt. Sie duftete so alkoholisch, daß ich nicht wagte, Jonas ein Löffelchen kosten zu lassen.

Ein Teil des Tages verging mit Lauras Grundsatzdiskussion. Folgendes ließ sie uns wissen: Sie habe es satt bis hierher (zur Demonstration fuhr sie sich mit dem Zeigefinger über die Kehle), kindische Malereien anzufertigen, alberne Deckchen zu sticken oder Holzperlen aufzufädeln, sobald ein Geburtstag fällig sei, ganz zu schweigen von Weihnachten.

Ein Kind, das keine handwerklichen Fähigkeiten besitze, sei ganz klar im Nachteil gegenüber anderen, und sie wünsche nicht, in diesem Zusammenhang schon wieder auf ihre Schwester verwiesen zu werden, die im Kunstunterricht immer eine Eins habe. Dergleichen sei eine Sache des Talents, sie gönne Katrin die Eins, sie gönne ihr die Nähmaschine, die Stoffe, die Schnittmusterbogen – bitte, bitte, gern geschehen –, aber sie müsse, was ihre eigene Person angehe, darauf bestehen, mehr

Taschengeld zu bekommen als bisher, um dieses Manko ausgleichen zu können.

Das könne ihr so passen, zischte Katrin, mit zehn Jahren mehr Taschengeld zu kriegen als sie, die Älteste, mit dreizehn. Auch sie sei äußerst knapp dran, sie habe es nur deswegen nie zur Sprache gebracht, weil bei vier Kindern andere Maßstäbe angelegt werden müßten als bei Axel Weinschrot, dem Einzelkind, das Laura zweifellos als Beispiel vorschwebe.

»Gar nicht wahr!« rief Laura erbittert, Axel habe damit überhaupt nichts zu tun. Sie sei es nur leid, sinnlose Kinkerlitzchen anfertigen zu müssen, es kotze sie an (hier wurden zum besseren Verständnis Würgelaute ausgestoßen), und sie sehe nicht ein, daß man dieses Thema nie anschneiden dürfe, nie, nie, nie . . .

Gero erklärte sich mit einer neuen Überlegung einverstanden, wies jedoch den Zeitpunkt (Mamis Geburtstag) entschieden von sich. Über alledem wurde ich mehr oder weniger unbemerkt neununddreißig Jahre alt. Eine ungeradere Zahl ist kaum vorstellbar. Immerhin, tröstet mich Gero, ist sie durch drei teilbar, und die Quersumme ist zwölf. Ähnlich verhält es sich mit, sagen wir mal, siebenundfünfzig. Aber bis dahin, fügte er rasch hinzu, hätte ich ja noch viel Zeit . . .

12. Februar, Samstag

Wir sind gereist wie ein Hippiepärchen: Gero mit der Kiepe auf der Brust, in der Jonas hockte, ein Strickmützchen mit aufgerolltem Rand schief auf dem Kopf, ich mit wehendem, knöchellangem Rock, die rostrote Beuteltasche mit den gelben Ziernähten von der linken Schulter quer bis über die rechte Hüfte baumelnd, enthaltend zwei No-name-Papierwindeln und eine Schnullerflasche voll Bübchen-Tee, ein Gürteltäschchen um die nicht vorhandene Taille geschnürt.

Nach der Hektik der letzten Tage, der Ankunft der Großeltern, einer Vier im Lateintest, die einschlug wie eine Bombe, der alarmierenden Nachricht, daß Axel Weinschrot mit Masern darniederliege, nach eindringlichen Ermahnungen an Kevin, sich jedem Gewässer fernzuhalten, zumal die Schneeschmelze unseren Bach in einen reißenden Strom verwandelt hat – hätten wir, Gero und ich, eigentlich erschöpft auf unsere Flugzeugsitze sinken müssen. Statt dessen waren wir locker und entspannt wie die Hippies, denen wir glichen, unsere Stimmung grenzte an Übermut. Wir redeten uns ein, daß kein Mensch uns für altgediente Eltern halten würde, und unser kleiner Jonas genoß sichtlich das spürbare Wohlwollen, das ihm und uns allerseits zuteil wurde.

Wir landeten am Spätnachmittag in Malaga, nahmen uns ein Taxi nach Alumenecar, fanden auf Anhieb die Straße, das Haus und die freundliche Nachbarin, die es verwaltet.

Sie heißt Rosa und spricht nur Spanisch. Ihr Sohn indessen, Diego, kann mit etwas Deutsch aufwarten. Im Augenblick allerdings ist er mit einem Camion unterwegs, was ich unschwer als Lastwagen deutete. Von Stund an war ich sicher, mich im Spanischen bestens auszukennen.

Das Haus liegt mitten in der Altstadt. Es gehört einem Vorstandsmitglied des Kohlensäurewerks, einem mir unbekannten Herrn Faßbinder, der es vor ein paar Jahren sozusagen im Vorübergehen gekauft hatte. – Inzwischen, so hat er Gero anvertraut, war er mit seiner Familie ungefähr ein Dutzend mal hier, und seine Kinder maulen bereits bei der Erwähnung des Ortes. Keines ist mehr bereit, die Sommerferien hier zu verbringen, und öfter als ein paar Tage über Ostern oder Pfingsten ist auch seine Frau nicht mehr zu bewegen. Daher vermietet er das Haus jetzt ab und zu, aber nur an Verwandte oder Bekannte. Ich kann nur sagen: Wohl dem, der mit Faßbinders so oder so verbunden ist. Denn für mich ist das Haus die Erhörung eines Gebets. Keine Touristen weit und breit, keine Animation, keine künstlich angeheizte Urlaubsstimmung, der Strand zu Fuß zu erreichen, und im Hintergrund die gewaltige Sierra Nevada. In den Straßen normales Alltagsleben, in den Geschäften moderate Preise, und wenn Gero nicht darauf bestünde, mehr von der Umgebung zu sehen – ich könnte auf einen Mietwagen ohne weiteres verzichten.

In der Küche fehlt es an nichts, sogar eine Kaffeemaschine ist vorhanden. In einem der Schlafzimmer im ersten Stock stehen ein Gitterbettchen und eine Wickelkommode.

Von der Sonnenterrasse aus, die das Haus krönt, hat man einen betörenden Blick zu den Gipfeln der Sierra.

Ich dichte bereits an einer Hymne fürs Gästebuch.

14. Februar, Montag

Ich habe meinem Vokabelschatz das Wort »el doctor« hinzugefügt.

Er wohnt nicht weit von uns, el doctor, hat unserem Jonas die Brust mit einem duftenden Öl eingerieben und Tropfen verschrieben, die wir unverzüglich in »la farmácia« kauften, womit ganz klar die Apotheke gemeint ist. Im übrigen hat er uns beruhigt. Jonas zahnt mächtig. Seine Schleimhäute sind allesamt in Mitleidenschaft gezogen, sogar die Bronchien. Dazu kommt, daß seit Samstag trotz knallblauem Himmel und permanentem Sonnenschein ein kalter Wind weht, der im Gegensatz zu den Regenstürmen, die derzeit unsere Eifelheimat heimsuchen, knochentrocken ist. Man kann darüber streiten, welche Luftbewegung gesünder ist, die nasse oder die trockene. Fest steht jedenfalls, daß wir an das Eifelwetter gewöhnt sind, und zwar in der Weise, daß wir unsere Säuglinge dem Regen und Wind gar nicht erst aussetzen. Hier dagegen, unter diesem trügerisch blauen Himmel, haben wir Jonas dauernd an die frische Luft gebracht. Ein Fehler, den der arme Schatz jetzt büßen muß. Dafür allerdings ist ihm die ständige Nähe und Aufmerksamkeit seiner beiden Eltern gewiß, die ihn abwechselnd durchs Haus tragen, ihm vom Fenster aus den »pero« zeigen (viertes Standardwort, bedeutet Hund) und auch in der Nacht sprungbereit alle Zeit verfügbar sind.

16. Februar, Mittwoch

Soeben haben wir endlich zum Hörer gegriffen, um zu erfahren, daß unsere Lieben daheim noch leben und das Haus noch steht.

Allerdings haben die Karnevalstage besonders der Oma einiges abverlangt, denn Kevin und Tommy wollten sich unbedingt hervortun und als Sheriffs auf unseren Po-

nys durchs Dorf reiten. Den Opa wußten sie dabei auf ihrer Seite, die Oma, unterstützt von Katrin und Laura, sprach sich dagegen aus. Nun, die Männer setzten sich durch. Die Ponys, behäbig, mit Winterspeck und Winterfell, trotteten widerwillig in Richtung Dorfstraße. Der Opa ging in der Mitte und hielt beide locker am Zügel, Kevin und Tommy saßen prahlerisch auf und fuchtelten mit ihren Colts, irgendwo am anderen Ende gruppierte sich der Karnevalszug, es knallte und böllerte, Billy und Benny blieben ungerührt.

Kritisch wurde es erst bei den mißtönenden Klängen des Spielmannszuges. Beide Ponys legten die Ohren an, schüttelten die Köpfe, scharrten drohend mit den Hufen und nahmen Reißaus, noch bevor der Opa Vorsichtsmaßnahmen ergreifen konnte. Kevin, so heißt es, hielt sich auf Billys Rücken bis zur Kreuzung und rutschte gnädig in den Graben. Tommy flog in hohem Bogen auf die Straße, und verstauchte sich den rechten Arm. Benny buckelte und tänzelte noch ein Weilchen vor dem Spielmannszug her, bis ihn der Opa einfangen und nach Hause führen konnte. Billy stand bereits wartend vorm Gatter, und Kevin heulte der Oma die Ohren voll.

Katrin und Laura waren sowohl montags wie dienstags nachmittags im Pfarrheim in der Disco gewesen, Katrin als Zigeunerin, Laura als Wikinger. Johanna hatte für zwei Tage Sauerkraut vorgekocht, die Oma brauchte nur Pürree zu rühren und die Würstchen zu erhitzen.

»Läuft doch alles wie geschmiert«, meint Gero und reibt sich zufrieden die Hände.

20. Februar, Sonntag

Unser kleiner Jonas ist wieder putzmunter. Wir haben eine Küstenfahrt gemacht und von anstrengenderen Zielen – Granada, Sevilla – abgesehen.

Ich tat es leichten Herzens, und im Hinblick darauf, daß wir hier bestimmt nicht zum letzten Mal waren, hat auch Gero sich ohne allzu großes Bedauern damit abgefunden.

Es geht uns ja wirklich so gut, daß es undankbar wäre, noch mehr zu verlangen. Mittags essen wir meist nur eine Kleinigkeit, und abends gehen wir in eines der urigen Lokale, wo unser Jonas keineswegs das einzige Baby ist. Kinder, gleich welchen Alters, sind hier überall gern gesehen. Schon deshalb wächst mir das Städtchen immer mehr ans Herz.

Abends sitzen wir auf der Terrasse und trinken roten Wein, versichern uns gegenseitig, daß unser Jüngster überhaupt keine Last ist, und nehmen uns vor, das Leben künftig mehr zu genießen als in der jüngsten Vergangenheit.

Die weiche Stimmung nutzend, in der ich mich befinde (wohl ahnend, daß sie nicht anhalten wird), habe ich einen langen, versöhnlichen Brief an Tante Irmi geschrieben, worin ich großzügig alle Schuld an unserem Zerwürfnis auf mich nahm und sie bat, im Mai zu Katrins Konfirmation doch unbedingt zu kommen. Ähnlich äußerte ich mich in einem Schreiben an meine Schwester, das ich jedoch wieder zerriß und neu formulierte, weil Gero fand, ich solle die Selbstkritik nicht auf die Spitze treiben.

Danach kamen wir ins Reden, und er ließ sich erstmals deutlich darüber aus, daß ihn das Werk und alles, was damit zusammenhänge, zuweilen bis hier stünde (er folgte

Lauras Beispiel und fuhr sich mit der Hand an den Hals), und wenn nicht ein paar personelle Veränderungen zu erwarten wären, hätte er nicht übel Lust, den ganzen Bettel hinzuschmeißen. Unter anderen Umständen – in einem anderen Land, unter einem anderen Himmel – wäre ich an diesem Punkt seiner Überlegungen in Panik ausgebrochen. Ich hätte mich bereits als Sozialhilfeempfängerin auf der Gemeindeverwaltung um Wohngeld betteln sehen.

So aber, hier und jetzt legte ich Gero den Arm um die Schulter, und ermunterte ihn mit fester Stimme sich auf keinen Fall unterkriegen zu lassen und sich nur ja nicht im Staub zu wälzen, vor niemandem! Mit zweiundvierzig Jahren braucht sich ein verdienter Mann keine Sorgen zu machen, ganz im Gegenteil! Wenn seine Arbeit im Kohlensäurewerk nicht genügend gewürdigt wird, bitte schön, es gibt noch andere Unternehmen! Wir sind ja flexibel. Wir kleben nicht an Kaltenborn. Wir finden uns überall zurecht. Ist es nicht so!

21. Februar, Montag

Heute beim Frühstück sagte Gero, er wäre doch etwas erschüttert gewesen ob meiner akuten Bereitschaft, alles hinter mir zu lassen – Haus und Hof und Kaltenborn mitsamt allen lieben Menschen, man denke nur an Johanna – nicht zu reden von Kyllstein und den Großeltern, die demnächst dort wohnen werden.

Ich war platt. »Gero«, sagte ich, »projiziere nicht deine Vorbehalte auf mich, belaste mich nicht mit deinen Skrupeln! Wenn du dich verändern willst, tu es! Ich ziehe mit.

Ich mache keine Schwierigkeiten. Ich kann mich umstellen. Mehr habe ich nicht sagen wollen.«

Ob ich denn nicht auch an Kaltenborn hänge, wollte er wissen, an unserem Haus, unserem Garten, unserem ländlichen Leben.

Natürlich hänge ich daran. Schon deshalb, weil ich gern weiß, was auf mich zukommt, selbst wenn es zum dritten Mal Herr Derich als Klassenlehrer ist. Ich mache mir nichts aus Überraschungen, wie jeder weiß, und der sprichwörtliche Spatz in der Hand ist mir lieber als die Taube auf dem Dach.

Aber wenn es denn sein müßte, könnte ich auch anders.

Warum denn nicht? Ich bin schließlich noch nicht achtzig.

»Was willst du denn nun?« habe ich Gero gefragt, und er sagte: »Bessere Konditionen im Werk, und die kann ich aushandeln.« Eigentlich habe er sie schon ausgehandelt, aber sie würden erst ab Juni greifen.

»Himmel«, rief ich, »und dafür machst du die Pferde scheu?«

Das habe er keineswegs tun wollen, erklärte Gero ernst und gemessen, er habe nur ganz am Rande in aller Bescheidenheit darauf hinzuweisen versucht, daß auch sein Alltag nicht aus eitel Glück und Sonnenschein bestehe.

Als ob ich das jemals angenommen hätte!

25. Februar, Freitag

Wäre ich empfindlich, müßte ich mir die Frage stellen: Werde ich überhaupt gebraucht? und wenn ja: wo, wann und von wem?

Wenn man den verschiedenen Berichten glauben darf, gibt es in unserem Hause nur eine Person, die während der vergangenen dreizehn Tage noch weniger vermißt worden ist als ich, nämlich Gero.

Nach anfänglichen Irrungen und Wirrungen hatte sich alles so gut eingespielt, daß es eigentlich noch eine Weile hätte so weitergehen können.

Fast kamen wir uns wie Störfaktoren vor, Gero und ich. Unser beider Auftreten schien das Ende einer Idylle zu bedeuten. Kevin, der Opa und die Ponys bildeten eine geschlossene Gesellschaft. Ebenso unzertrennlich waren Cromwell und die Oma. Katrin und Laura zuckten lässig die Schultern auf die Frage, ob alles geklappt hätte. Katrin nuschelte: »Ja, klar wieso denn?« Laura sagte knapp und empört: »Logo.«

Nur Johanna strahlte übers ganze Gesicht und ließ eine gewisse verstohlene Erleichterung erkennen.

Den kleinen roten Teppich aus dem Babyzimmer hatte sie zum Waschen und Trocknen mit nach Hause genommen, woraus ich schloß, daß Cromwell mehrmals darauf geschlafen hat.

Kevin scheint im Kindergarten nur ein kurzes Gastspiel gegeben zu haben, was die Oma mit einer an Keuchhusten grenzenden Erkältung entschuldigte.

Die Mädchen haben sich offenbar an ihr Versprechen gehalten, das Thema »Otter« auszuklammern, und auch sonst scheinen sich keine Reizworte in die Unterhaltung eingeschlichen zu haben.

Es ist merkwürdig, alles. Aber wie ich zu Gero sagte: »Mir kann es nur recht sein.«

28. Februar, Montag

Während der ersten Tage habe ich mich noch weitgehend zurückgehalten um die Kreise der Großeltern so wenig wie möglich zu stören und das Zepter nicht ungebührlich heftig an mich zu reißen. Am Samstag fuhren sie nach Mainz, zufrieden mit dem Verlauf der Dinge, weniger glücklich mit den schleppenden Fortschritten, die der Bau in der Brückenstraße machte. Gero und ich wurden mit »Machtworten« beauftragt, die wir der Baugesellschaft gegenüber aussprechen sollten. Seitdem sind wir wieder unter uns, und in erster Linie geht es darum, einmal andere Saiten aufzuziehen.

Gestern bereits begann Kevin mit dem Vorspiel zum großen Theater, das heute morgen seinen Höhepunkt erreichte. Er wollte nicht in den Kindergarten gehen, erklärte er unter Tränen, heute nicht, morgen nicht und niemals wieder.

Nun kenne ich ja seine diesbezüglichen Anfälle, seine Bockigkeit, seine Wutausbrüche, und da die Oma ihm tagelang stattgegegeben hat, war ich entschlossen, von vorneherein die härtere Gangart einzulegen.

Aber Kevin bockte nicht. Er weinte und winselte, bettelte und flehte. Er machte einen verwirrten und verängstigten Eindruck.

Zuerst hörte ich ihm gar nicht zu, denn morgens zwischen acht und halb neun schlägt alles über mir zusammen: das Chaos auf dem Frühstückstisch, ein vergessener Turnbeutel, Wäscheberge im Bad, ein schreiender Jonas im ersten Stock und der unbarmherzig vorrükkende Zeiger der Uhr.

Er wolle nicht in den Kindergarten, schluchzte Kevin

mit versagender Stimme, er wolle nicht gut versorgt sein.

Ich ließ den Anorak sinken, den ich ihm gerade mit Gewalt überziehen wollte, und setzte mich auf einen Küchenstuhl. Er kroch in meine Arme, preßte sein tränenüberstömtes Posaunenengel-Gesicht an meine Wange und wimmerte, er wolle immer lieb sein, immer brav sein, immer tun, was ich sage, aber er wolle – nicht das – nicht so was – nicht wie der Onkel.

Ich wiegte ihn eine Weile hin und her, und während er noch verzweifelt drauflos plapperte, zählte ich zwei und zwei zusammen und kam zu dem Ergebnis:

Mein Kevin, mein armer, kleiner, unbedarfter Junge, war einer Redensart zum Opfer gefallen, die von den Großeltern in einem anderen Sinn gebraucht worden war als kurz zuvor von uns und von Johanna. Vermutlich hatte die Oma ihm versichert, daß er im Kindergarten gut versorgt sei . . . und von Stund an war er nicht mehr zu bewegen gewesen hinzugehen.

Wir hängten den Anorak wieder auf, holten Jonas herunter, setzten uns an den chaotischen Küchentisch, spielten ein bißchen mit den bunten Eierlöffeln und den Joghurtbechern, aßen zwei Müsliriegel und ließen die Püppchen tanzen die wir aus Spanien mitgebracht haben, und die ganze Zeit erzählte ich von Katrins und Lauras Kindergartenzeit, erinnerte Kevin an die schönen Sommerfeste, an die Theateraufführungen, bei denen er selbst mitgewirkt hat, und schließlich an seine Freunde, die ihn bestimmt schwer vermissen werden.

Tommy nicht, meinte er, der habe sich den Arm verstaucht und gehe erst nächste Woche wieder hin.

Gegen Mittag, als Kevins Tränen getrocknet waren und sein Gemütszustand wieder stabil erschien, sagte ich beiläufig, mit dem Onkel, das wisse er doch, habe es eine ganz andere Bewandtnis. Der sei ein alter, kranker Mann gewesen, dem es im Himmel bessergehe als auf Erden. Deshalb sage man, er sei jetzt gut versorgt. Es bedeute lediglich, daß er sich dort wohlfühle und alles habe, was er brauche.

»Das verstehst du doch, Kevin«, sagte ich so selbstverständlich wie möglich. Er nickte eifrig, wandte jedoch ein, der Onkel habe auch bei Johanna alles gehabt, was er brauche, und es sei schade, daß er nicht mehr dort im Hof unter dem Baum sitze.

Nachmittags rief ich Thea an, die uns sofort für ein Stündchen zu sich einlud. Tommy hat zwar den Arm noch gewickelt, geht aber seit heute wieder in den Kindergarten und hat zwei Geburtstagseinladungen von Claudio mitgebracht, eine für sich und eine für Kevin. Morgen wollen sie ihn fragen, was er sich von ihnen wünscht, beziehungsweise was er sich nicht wünscht, weil er es schon hat.

Damit, so hoffe ich, ist diese Krise überwunden.

Die Mädchen kicherten, als ich es ihnen erzählte. Man könne seine Worte doch nicht ständig auf die Goldwaage legen, meinte Katrin.

3. März, Donnerstag

Die Baugesellschaft schwor Stein und Bein, daß nunmehr alles mit Riesenschritten vorangehe. Der Einzugstermin könne mit dem 15. April beziffert werden. Manche, die es sehr eilig hätten, würden schon am Ersten einziehen, aber empfehlenswerter, besonders für ältere

Leute, die es gern bequem und perfekt hätten, sei der Fünfzehnte.

Ein Glück, daß der Opa die Mainzer Wohnung in weiser Voraussicht erst zum Juni gekündigt hat.

5. März, Samstag

Es geschehen noch Zeichen und Wunder. Von Tante Irmi kam ein überschwengliches Dankschreiben für meine Zeilen aus Spanien, in welchem sie ihren Besuch zu Katrins Konfirmation halb und halb in Aussicht stellt. Fest zusagen kann sie nicht, denn ursprünglich hat sie mit einer Freundin um diese Zeit ein Treffen im Tessin vereinbart.

Mit gleicher Post, aber separat ging uns ein gefütterter Großumschlag zu, in welchem sich was befand? Das Geschenk meiner Schwester Carla zur Geburt unseres Sohnes Jonas.

Ein Kapuzenjäckchen im Patchwork-Look, bildschön, samtig weich und zweifellos in einer teuren Boutique in Florenz erworben, mit pludrigen Höschen, passend dazu, und einer Vincent-van-Gogh-Mütze im gleichen Samtmaterial, alles in Braun-beige-orange-Tönen gehalten, ausstellungsreif, außergewöhnlich kleidsam für unseren brünetten Jungen, nur leider zwei Nummern zu klein.

Wäre es die übliche Strickgarnitur gewesen, wir hätten sie schmunzelnd beiseite gelegt. So aber waren wir völlig vernichtet. Katrin quälte den armen Jonas minutenlang, um seinen Kopf in die Mütze zu pressen, und auch ich konnte mich nicht enthalten, ihm versuchsweise das Jäckchen überzuziehen. Vergeblich.

Das ärgerliche daran ist, daß diese schnuckeligen Sächelchen die ganze Zeit unberührt und unbenutzt in einer Schublade geruht haben bei Tante Irmi, die sich nicht vorstellen kann, wie unwiderruflich zu spät es dafür geworden ist. (Grund genug für neue Unmutsäußerungen, aber ich bezähme mich.)

10. März, Donnerstag

Die Frage, ob ein Chronometer für die neue Wohnung dem Opa als Geburtstagsgeschenk passen würde, beschäftigt Gero und mich ebenso wie die erneute Forderung unserer Tochter Laura nach einer Erhöhung ihres Taschengelds.

Sie hat beschlossen, dem Opa einen Wanderführer (Eifel) zu kaufen. Katrin, sparsam wie immer, schließt sich mit einer Wanderkarte an, die ihre Klasse in Gemeinschaftsarbeit angefertigt hat und nur noch kopiert werden muß.

Apropos Kopieren: Die Hilfsdienste die unsere älteste Tochter dem Lateinlehrer leistet, nagen offensichtlich an ihrer Zeit, was Schularbeiten und Stundenvorbereitung angeht. Nur so kann ich mir sinkende Noten auf der ganzen Linie erklären.

Manni, dem Walroß, haben wir einen Rucksack in Neonfarben geschenkt, den er jetzt täglich locker über die Schulter gehängt in die Schule trägt und bei Bedarf als Wurfgeschoß benutzt. Damit, wie ich höre, wurde eine neue modische Ära eingeläutet, denn Laura wünscht sich bereits genauso einen. Eine Schultasche in der Art, die sie besitzt, ist dem Vernehmen nach öd, blöd, mit anderen Worten: völlig out.

13. März, Sonntag

Der Tag müßte im Kalender rot angestrichen werden, meinte Laura. Denn heute wurde das Taschengeld unserer Töchter um fast die Hälfte erhöht. Bisher habe es sich ja nur um Kleckerkram gehandelt, jetzt endlich könne man etwas damit anfangen, so die einhellige Meinung der beiden.

»Das wirst du nicht bereuen, Papi«, versprach Laura mit schwankender Stimme, »nach Muttertag fange ich an zu sparen für deinen Geburtstag.«

»Vergiß mich nicht,« bemerkte Katrin, »ich komme noch vor Papi dran.«

»Zuerst zahlst du deine Schulden bei Johanna«, befahl Gero, den dies in erster Linie zu der beachtlichen Erhöhung bewogen hatte, »und mach es dir um Gottes willen nicht zur Gewohnheit, Geld zu leihen!«

»Brauch' ich jetzt ja nicht mehr«, war Lauras zufriedene Antwort.

Die Frage, wann und mit welchem Betrag Kevin in die Liste der Taschengeldempfänger aufgenommen wird, beantwortete ich, und zwar ohne mich irremachen zu lassen: »Keinen Tag bevor er in die Schule geht und keinesfalls wird er mehr bekommen als Laura im gleichen Alter.«

Bevor mir der Logomax vorhalten konnte, welche Kaufkraftdifferenz sich da auftun und wie benachteiligt Kevin gegenüber seiner Schwester Laura sein würde, hob ich die Tafel auf.

18. März, Freitag

Ich habe mir einen Plan in DIN-A-4-Format an die Wand gehängt, um die Aktionen der nächsten Zeit nicht aus dem Auge zu verlieren. Ab heute haben die Kinder Ferien, das heißt, ich kann sie guten Gewissens einsetzen, und sei es auch nur als Babysitter für Jonas und Kevin.

Täglich einzuhalten außer an hohen Feiertagen ist die Englischvokabelstunde mit Katrin.

Einmal wöchentlich ist eine Kontrollfahrt nach Kyllstein in die Brückenstraße fällig mit anschließender Berichterstattung nach Mainz. Vorbereitungen für Opas dreiundsiebzigsten Geburtstag, der dieses Jahr auf den Gründonnerstag fällt und selbstverständlich bei uns begangen wird, müssen Anfang nächster Woche getroffen werden.

Tags darauf, am Karfreitag, sind Thea, Birgit und ich mit allen Kindern bei Lidia in Büsch eingeladen.

Karsamstag reisen Antje, Gottfried und sämtliche Zwillinge an, logieren im Dolomit-Hotel, feiern Ostern mit uns und den Großeltern und bleiben eine Woche.

Danach, am achtzehnten April, stehen bei uns die Maler vor der Tür, und es wird tagelang äußerst ungemütlich sein. Der Mai steht im Zeichen der Konfirmation und von Jonas' Taufe, zwei Ereignissen, die ich lose, das heißt im Abstand von nur acht Tagen miteinander verbinden möchte, damit sich die weite Anreise meiner Mutter aus der Toskana lohnt.

»Haach«, schwärmt Laura, »bei uns ist aber auch immer so viel los!«

21. März, Montag

Ich vergaß zu erwähnen, daß Geros Jagdfreund Klose nach einer Bypassoperation und fast einjähriger Abwesenheit von Kaltenborn am kommenden Sonntag wieder in unser Leben tritt. Da Gero ausnahmsweise am Samstagabend seine Stammtischrunde hat, kann er ihn zur Wildbeobachtung am frühen Sonntagmorgen nicht begleiten. Aber im Anschluß daran, weil wir ihn so lange nicht gesehen haben, geben wir ihm ein opulentes Frühstück. Neun Uhr. Ich habe es soeben als Punkt eins auf der Tagesordnung im Plan eingetragen.

23. März, Mittwoch

Manni, das Walroß, und Miriam, die Abtrünnige, verbrachten den heutigen Nachmittag an unserem Koppelzaun, tätschelten die Ponys, schäkerten mit Jonas, den Kevin im Wagen stolz bis zum Gatter gefahren hatte, und ließen sich zu einem gemurmelten »Tach« herab, als ich meinen Jüngsten eilig wieder abholte.

Katrin und Laura, denen dieser Besuch mit einiger Sicherheit galt, waren bei Johanna in Büsch, worüber ich sehr froh war. Nicht, daß ich Manni seinen beherzten Sprung ins Wasser jemals vergessen würde. Aber ebensowenig, leider, vergesse ich Miriam ihre schnöde Abkehr von Katrin und uns allen. An mir wird sie sich die Zähne ausbeißen, auch wenn die Mädchen mit der Zeit umschwenken und weich werden sollten. »Nimm doch diese Kindereien nicht so ernst«, mahnt Gero.

Ich bin anderer Meinung. Alle Kinder, die ich kenne,

wollen ernst genommen werden. Und genau das tue ich. Im Guten wie im Bösen. Wenn schon, denn schon!

27. März, Sonntag

Heute morgen um sieben Uhr klingelte mein Wecker, und da von unserem liebenswerten kleinen Jonas noch kein Ton zu hören war und ich den Frühstückstisch bereits abends gedeckt hatte, gönnte ich mir noch ein wenig Ruhe, denn schließlich, sagte ich mir, ist heute Sonntag.

Im Zimmer der Mädchen dudelte bereits das Radio, als ich um Viertel vor acht ins Bad schlich, Jonas zwitscherte wie ein Vögelchen, Kevin rührte sich nicht. Gero, das Gesicht im Kopfkissen vergraben, schlief noch wie ein Stein.

Ich trat gerade, mit einer Plastikhaube und sonst nichts bekleidet aus der Dusche, als ich Cromwell anschlagen hörte, und beugte mich mechanisch aus dem Badezimmerfenster.

»Hallo, junge Frau«, rief eine langentbehrte Stimme, und bevor ich zurückzucken konnte, trat Klose in mein Gesichtsfeld. Er war in Jagdkleidung, schwenkte einen knorrigen Wanderstab und begehrte Einlaß.

Die Duschhaube auf meinem Kopf und das Handtuch, nach dem ich inzwischen gegriffen hatte, veranlaßten ihn, seine Taschenuhr zu Rate zu ziehen. Er ließ sie demonstrativ an der Kette baumeln, als könne ich vom ersten Stock aus das Zifferblatt erkennen, und grinste triumphierend.

»Punkt neun Uhr«, ließ er mich herausfordernd wissen und steckte die Uhr wieder ein. Ich bat ihn um etwas Geduld, stürzte ins Schlafzimmer, schüttelte meinen Wekker, der auf zwei Minuten vor acht stand, riß Gero aus dem Schlaf, trieb ihn ins Bad, zog mich in Windeseile an und verstand die Welt nicht mehr.

Jonas ignorierend, dessen Gezwitscher in ungnädiges Nörgeln übergegangen war, wankte ich die Treppe hinunter, starrte auf die Küchenuhr die fünf Minuten nach acht zeigte, warf die Kaffeemaschine an und begann Brot zu schneiden.

Cromwell hatte sich wieder beruhigt. Klose, wie ich durchs Küchenfenster sah, inspizierte unsere Zäune, und bohrte mit dem Stock in der Erde.

Gero erschien um Viertel nach acht in Trainingshosen und Pullover und fragte unwirsch, was um Gottes willen denn eigentlich los sei.

Ich wies mit der Hand zum Fenster. Er riß es auf, schnappte nach Luft, gab einen verstörten Krächzlaut von sich und streifte den Pulloverärmel zurück, um auf die Uhr zu sehen: siebzehn Minuten nach acht.

»Ich brauche noch mindestens fünf Minuten«, zischte ich, »solange mußt du ihn draußen aufhalten!«

Um halb neun saßen wir am Frühstückstisch, Klose gut gelaunt und hungrig wie ein Wolf, Gero leicht verwirrt, ich nervös auf der Stuhlkante balancierend, weil ich gleich wieder aufstehen und mich um Jonas kümmern mußte.

»Ihr habt wohl eure Uhren noch nicht umgestellt«, röhrte Klose schadenfroh und bediente sich mit Aufschnitt.

Wir sahen uns an, Gero und ich. Sollten wir die Sommerzeit verpennt haben? Beide? Und die Mädchen, die ständig am Radio oder vor dem Fernseher hängen – sie auch?

Ja. Es ließ sich nicht leugnen. Die Kirchenglocken läuteten mit Macht zum Hochamt, das bekanntlich um zehn Uhr beginnt. Klose ließ es sich schmecken, gab sich jovial wie eh und je und fand, die Duschhaube stehe mir ausgezeichnet. Hahaha!

28. März, Montag

Der Kreiskassenkalender zeigt für den Monat März einen ausgefahrenen Feldweg mit Schneeresten links im Feld und einem unbelaubten, graubraunen Birkenwäldchen im Hintergrund. Wenn man so ein Kalenderbild einen Monat lang täglich betrachtet hat, wie blicklos und zerstreut auch immer, kennt man es auswendig. Man ist froh, eine neue Seite aufschlagen zu können, und tut es dennoch mit leisem Bedauern. Noch drei Tage, und der April wird mir einen blühenden Weidenzweig im Großformat bieten. Auch nicht schlecht.

Voriges Jahr waren es Osterglocken. Ich habe sie ausgeschnitten und aufgeklebt, als ich dieses Tagebuch einweihte. »Kampf dem Vergessen« steht auf der ersten Seite.

Was für ein kriegerisches Motto! Ist das etwa bezeichnend? Könnte es sein, daß sich auch Mama gemausert hat in diesem Jahr? Hoffentlich!

Band 12352

Ilona Schneider-Kruse

Schmunzel-Katzen

Ein wunderschönes Buch für Katzenliebhaber

Aus dem Inhalt:

Charlotte Link: Meine fünfzehn Wegwerfkatzen
Kurt Tucholsky: Brief an einen Kater
Colette: Die Katzenmutter
Heinz Erhardt: Eine schöne graue Katze
Gustav Schwab: Wie durch eine Katze ganz Schilda abbrannte
Eva Demski: Das Märchen vom Kater mit der goldenen Pfote
Jill Steinberg: Die Kühlschrank-Fehde
Edda Rönckendorff: Katergeschichte

Mit Illustrationen von Arnhild Johne

Band 12232

Brigitte Blobel

Immenhof

Ein turbulenter, anrührender Roman, ein Lesevergnügen für die ganze Familie

Immenhof – das sind wogende Felder, kristallklare Seen, Koppeln mit Pferden, Menschen, die mit der Natur im Einklang leben. Doch die Idylle ist bedroht: Der Immenhof steht vor dem Ruin und muß versteigert werden. Nicht nur für die Gräfin Bantz, die langjährige Besitzerin, sondern auch für die Mädchen, die hier bei den Pferden ein zweites Zuhause gefunden haben, scheint eine Welt zusammenzubrechen. Doch dann ersteigert ein Mann den Hof, der entschlossen ist, dieses Paradies um jeden Preis zu erhalten...

BASTEI LÜBBE